AF235733

Plädoyer für den Teufel

Ein Freispruch auf Erden

Der Teufel gilt gemeinhin als Verkörperung alles Bösen und als der großmächtige Höllenfürst, der für alles Übel in der Welt verantwortlich ist: Für Hungersnöte, Morde, Seuchen und Kriege. Aber hatte er diese Rolle wirklich jemals gespielt? Sicher, einst hatte er randaliert und war von Gott aus dem Himmel verstoßen worden und auf die Erde hinabgestürzt. Gleichwohl leistet der Teufel alias Luzifer auch heute noch als universelles Horror- und Schreckgespenst für die Kirche exzellente Dienste zur Disziplinierung der Gläubigen. Seit seinem Sturz aus dem Himmel irrt der ehemals mächtige Engel Luzifer in meiner Satire heimat- und ziellos über die Erde und erfährt dabei allerlei über die oftmals kuriosen und bizarren Seiten des Christentum: Über Teufelsaustreibungen, Askese-Orgien, die Hölle, Beichtrituale, aber auch über die menschengemachten Höllen auf Erden.

Dr. Hans-Albert Wulf, Studium der Soziologie, Politikwissenschaft und Philosophie. Wissenschaftliche Tätigkeit am „Soziologischen Forschungsinstitut Göttingen" (SOFI) (1968-1972). Wissenschaftlicher Mitarbeiter und Lehrbeauftragter am Institut für Politikwissenschaft der TU Berlin (1980-2005). Dissertation zum Thema „Maschinenstürmer sind wir keine." (Campus 1988). Buchveröffentlichung: "Faul! Der lange Marsch in die kapitalistische Arbeitsgesellschaft" Berlin 2016.

albertwulf1@gmx.de   030 614 38 02

Hans-Albert Wulf

Plädoyer für den Teufel

Ein Freispruch auf Erden

Kopfgeburten
Anke Sabrowski

Bibliografische Information der Deutschen Nationalbibliothek: Die deutsche Nationalbibliothek verzeich-
net diese Publikation in der Deutschen Nationalbiblio-
grafie; detaillierte bibliografische Daten sind im Inter-
net über http://dnb.d-nb.de abrufbar.

© 2022 Dr. Hans-Albert Wulf

Teufelsskulpturen: Anke Sabrowski,
                www.ankesabrowski.com
Herstellung und Verlag: BoD - Books on Demand
Norderstedt

ISBN: 978-3-7557-9219-2

FSC
www.fsc.org

MIX
Papier aus verantwortungsvollen Quellen
Paper from responsible sources
FSC® C105338

Plädoyer für den Teufel
Ein Freispruch auf Erden

Kapitel II: Wie sich der Teufel in die Staatsbibliothek verirrte und dort mancherlei über die Menschenteufel erfuhr.

Kapitel III: Wie der Teufel die verschiedenen Höllen auf Erden kennenlernte.

Kapitel IV: Von den Begegnungen des Teufels mit eigenartigen christlichen Bräuchen

Prolog

Unsere Großmutter pflegte zu sagen, wenn man vom Teufel spricht, dann kommt er. Und er treibt sein Unwesen im Großen wie auch im Kleinen. Wenn nachts ein Käuzchen schreit, so kann man sicher sein, dass da gerade einer stirbt und dass der Teufel sich seine Seele holt und sie in die Hölle schleppt. Und wer trägt die Schuld an all den Kriegen, Unwettern und Hungersnöten auf der Erde? Natürlich kein anderer als der Teufel. Wenn unsere Großmutter noch lebte, würde sie sicherlich verkünden, dass auch die Klimakatastrophe ein Werk des Teufels sei.

Der Teufel ist auch heute noch allgegenwärtig, zumindest in den Köpfen vieler Menschen. Jeder vierte Deutsche glaubt nach wie vor an einen physischen also leibhaftigen Teufel. Und das derzeitige Oberhaupt der katholischen Kirche, Papst Franziskus, führt einen beharrlichen Kampf gegen den Teufel, dem er mit Exorzismen weltweit zu Leibe rückt. Auch sein Vorgänger der Ratzinger-Papst hält es mit dem Teufel. An den fürchterlichen Missbrauchsfällen in der Priesterschaft der katholischen Kirche trage der Teufel die Schuld. Und dies hat Methode; denn in ihrem Katechismus malt die katholische Kirche den Teufel als reales Höllenmonster an die Wand. Dort heißt es: „Das Böse ist nicht etwas rein Gedankliches, sondern bezeichnet eine Person, den Satan". Und weiter „Der Teufel war ein Mörder von Anfang an; denn er ist ein Lügner und ist der Vater der Lüge. Er ist es, der Satan heißt und die ganze Welt verführt. Durch ihn sind die Sünde und der Tod in die Welt gekommen." Der Teufel gilt hier mithin als der allmächtige

9

Verwalter und Vollstrecker des Bösen. Als der universelle Herrscher, der für alles Elend in der Welt verantwortlich ist.

Aber hat er diese Rolle wirklich jemals gespielt? Sicher, der Teufel alias Luzifer war immer schon etwas aufmüpfig gewesen und hatte einst im Himmel heftig randaliert. Daraufhin war er von Gott und den Erzengeln aus dem Himmel verstoßen worden und auf die Erde hinabgestürzt, wo er seitdem eine eher kümmerliche Existenz fristet.

Aber dennoch hat der Teufel auch heute noch eine wichtige Funktion: Als universelles Horror- und Schreckgespenst zur Disziplinierung "sündiger" Schäfchen leistet er der Kirche wichtige Dienste.

Seit seinem Sturz aus dem Himmel irrt der ehemals einflussreiche Engel Luzifer heimat- und ziellos über die Erde. Er weiß selbst nicht recht wohin. Sucht er vielleicht eine neue Heimat? Auf jeden Fall wird er all jenen teuflischen Qualitäten, die man ihm auf Erden auch heute noch andichtet, nicht gerecht. Morden können die Menschen auch ohne ihn.

Ich werde den Teufel in meiner satirischen Erzählung auf den verschiedenen Stationen seiner Wanderungen auf dem blauen Planeten begleiten und berichten, was er in der Menschenwelt so erlebt hat. Und dabei erfährt er allerlei über die oftmals kuriosen und bizarren Seiten des Christentums: Über Teufelsaustreibungen, Askese-Orgien, Beichtrituale, die Hölle, Hexenverbrennungen, den Ablass, die katholischen Literaturverbote (Index), Pilgerreisen und v.a.m. Auf seinen Wanderungen durch die Jahrhunderte erlebt er ebenso, wie sich die Menschen bereits auf Erden ihre Hölle mit Lust und Leidenschaft selbst inszenieren (Kriege, Fabrikhorror, Umweltkatastrophen)

Vor seiner ersten Wanderung durch die Länder und Zeiten lässt sich der Teufel zunächst von seinen Hörnern sowie dem hässlichen Klumpfuß befreien und wandert nach einigen Umwegen schließlich in die Wüste, wohin sich bereits seine ehemaligen Mitkämpfer des 9. Engelschores als Dämonen zurückgezogen hatten.

Der Teufel verlässt die Wüste und gerät in eine Kirche, wo der Pfarrer gerade heulend und brüllend seiner angstgebeutelten Gemeinde die ewigen Qualen der Hölle einbläut. Das hatte ihm gerade noch gefehlt. Da läuft er doch lieber in die städtische Bibliothek, wo ihm von allen nur denkbaren menschlichen Alltagsteufeln aus einem riesigen Buch, dem Theatrum Diabolorum, berichtet wird.

Der Teufel kommt schließlich in der Gegenwart an und landet in einer süddeutschen Stadt. Ein Priester hat ihn in sein Pfarrhaus aufgenommen und dort beschäftigt sich der Teufel mit all den irrsinnigen katholischen Sündenregistern. Nachdem er an der Beerdigung eines würdevollen Bischofs teilgenommen hat, wandert er weiter und kommt zu einem Nonnenkloster, in dem er viel über ein heiliges christliches Leben lernt und in dem er zu einem erstaunlichen Gotteswunder beiträgt.

Der Teufel verliert die Lust am ziellosen Herumirren und klopft an die Pforte eines Benediktinerklosters, wo man ihn bereitwillig aufnimmt. Er heißt nun Bruder Martin und hat den Auftrag, die Klosterbibliothek neu zu ordnen und von gottlosen Büchern zu befreien. Aber auch geistliche Aufgaben nimmt er gerne und gewissenhaft wahr. So betätigt er sich als Exorzist und treibt einem vom Teufel besessenen Schmied den Teufel aus. Ein Höhepunkt seiner irdischen Wanderungen ist die Teilnahme an einer Pilgerreise auf dem Jakobsweg in Spanien, wo er am eigenen Leibe mancherlei über die Martern christlicher Askeseübungen erfährt. Mit blaugeschwollenen Füßen und von Depressionen gequält, kehrt er zurück. Doch in der Enge des Klosters will er nicht länger bleiben. In der Abenddämmerung geht er auf und davon und am nächsten Morgen trifft er sich mit Gott auf einer Wolke und verhandelt mit ihm über seine Zukunft. Ob er Gottes Angebot, wieder in den Himmel zurückzukehren, annimmt, diese Frage wird erst am Ende meiner Erzählung beantwortet.

Kapitel I: Wie der Teufel auf die Erde kam und was er dort auf seinen ersten Wanderungen erlebte.

Worin von der Rebellion des Teufels und seiner Engel sowie ihrem Sturz auf die Erde berichtet wird.

Woher stammt der Teufel? War Gott sein Vater? Hatte er eine Mutter? Wahrscheinlich, denn schließlich hatte er ja auch eine Großmutter. Jedenfalls wenn man dem Volksmund glauben will. Wenn er ein Geschöpf Gottes war, wieso hat Gott mit dem Teufel denn das Böse in die Welt gesetzt. Eine schwierige Frage, die schon ganze Heerscharen von Bibelexperten auf den Plan gerufen hat. Wenn Gott der Schöpfer des Teufels sein soll, dann wäre ja Gott der Urheber alles Bösen. Er, und kein anderer wäre verantwortlich für das gesamte Elend auf der Erde, von Auschwitz bis Hiroshima. Aber das kann man natürlich so nicht stehen lassen. Die offizielle Lesart lautet: Gott hat den Teufel, den Engel Luzifer, mit einem eigenen Willen ausgestattet.

Und vermöge dieses Willens bringt er das Böse in die Welt. Und mit diesem Trick hat man auf elegante Weise dem Teufel den schwarzen Peter zugeschoben. Der Teufel war ursprünglich ein Engel mit dem Namen Luzifer. Und er war nicht irgendeiner, sondern der Schönste von allen und Anführer des 9. Engelschores. Wodurch aber kam er zuschanden und stürzte auf die Erde? Gemeinhin wird die Ursache hierfür in seinem Hochmut und Größenwahn gesehen. Er wollte sich Gott nicht unterordnen.

Möglicherweise hat es sich aber auch ganz anders zugetragen: Am 6. Schöpfungstag entschloss sich Gott, mit Adam den ersten Menschen aus einem Staubkorn zu schaffen. Soweit, so gut. Doch diese neue Spezies Mensch, die ja die Krone der Schöpfung sein sollte, war von Anfang an etwas missraten und beileibe kein Meisterstück in Gottes Schöpfungsprojekt. Und dies lag darin, dass er sein Geschöpf Adam und all dessen Nachkommen gleichsam in den Rang von Göttern erhoben hatte. Die Menschen sollten die Herrscher der Erde sein und sich alle anderen Lebewesen untertan machen. Die schlimmen und zerstörerischen Folgen dieses Programms liegen heute offen zutage.

Bereits in der zweiten Generation (Kain und Abel) gab es Mord und Totschlag und dies hat sich ja bekanntlich bis in unsere Gegenwart fortgesetzt und immer monströsere Formen angenommen. Im göttlichen Menschheitsprojekt steckte mithin von Anfang an der Wurm. Und so hatte nicht der Teufel, sondern Gott mit der Erschaffung des Menschen das angestammte Gefüge der Welt durcheinandergebracht.

Gott war derartig von seinem neuen Schöpfungswerk Mensch angetan, dass er sein Augenmerk nun immer mehr von den himmlischen auf die irdischen Gefilde richtete. Und das ging so weit, dass er allen Ernstes Adam als gottgleiches Geschöpf inthronisierte. Er gab deshalb den Befehl aus, dass alle Engel den Adam wie einen Gott verehren sollten. Und dies schlug bei den Engeln wie ein Blitz ein und sorgte für heftige Diskussionen. Die Mehrheit der Engel hörte andächtig zu und unterwarf sich ohne Zaudern Gottes Gebot und sie fielen vor Adam auf die Knie und verehrten ihn.

Als aber die Engelsminderheit, die traditionell in der proletarischen Ostkurve des himmlischen Stadions stand, sah, welche Größe Gott dem Adam gegeben hatte, waren sie mit ihrer eigenen faktischen Entmachtung keinesfalls einverstanden. Die Minderheit unter der Anleitung Luzifers wagte die Machtprobe mit Gott, rebellierte und weigerte sich, Adam als gottgleiches Geschöpf anzuerkennen. Und Luzifer sprach zu seinem Gefolge: „Verehrt ihn nicht und preist ihn nicht wie die anderen Engel!" Und er drehte den Spieß kurzerhand um. „Ihm, Adam, ziemt es, mich zu verehren, mich, der ich Feuer und Geist bin, und ich will nicht den Staub Adams verehren, der aus einem Staubkörnchen gebildet ist." Gott ließ eine solche Auflehnung natürlich nicht ungestraft. Er mobilisierte die ihm getreue Engelsmehrheit unter der Anführung des Erzengels Michael für den Kampf gegen die rebellische Minderheit unter dem Befehl Luzifers.

Der englische Dichter John Milton hat in seinem Poem „Das verlorene Paradies" den Kampf der Engel mit drastischen Worten beschrieben. Zunächst geriet Luzifer, hier Satan genannt, unter den Schwerthieben seines Widersachers, des Erzengels Michael, arg ins Hintertreffen. „Zum erstenmal empfand jetzt Satan

14

Nach dem Engelssturz

Schmerz. Er krümmte sich: So grimmig klaffte die vom scharfen Schwert geschlagene Wunde." Doch seine Engel trugen ihn an einen sicheren Ort. „Hier lag knirschend er vor Schmerz und Wut und Scham." Doch er und seine Engeltruppe erholten sich und kehrten auf das Schlachtfeld zurück. Diesmal verstärkt durch eine Maschine, die Luzifer ersonnen hatte und die sich unschwer als Kanone identifizieren lässt. Mit deren Hilfe wendete sich das Blatt und Luzifer und die Seinen bekamen wieder Oberwasser. „Doch kurz war ihr Triumph. Die Gottesstreiter erholten sich vom ersten jähen Schreck." Und die Schlacht näherte sich ihrem Höhepunkt. "Der Himmel bebte; unerschüttert blieb nur Gottes Thron. Gedankenschnell war er in ihrer Mitte. Mit der rechten Hand warf er zehntausend Donner unter sie, die schmerzhaft sich in ihre Seelen bohrten. Hin war im Nu ihr Mut zum Widerstand, und kraftlos senkten sie die eitlen Waffen."

Der Kampf dauerte drei Tage. Und am Ende dieser Schlacht „stürzten sich Luzifers Engel häuptlings selber hinab vom Himmelsrand." „Neun Tage fielen sie. Das Chaos ward bei ihrem Fall durch Gottes verworrenes Reich zehnfach verwirrt, beschwert und überhäuft mit Schutt und Graus."

Nach dem gewonnenen Kampf lehnte sich Gott auf seinem Thron zurück und war zufrieden. Hatte er doch seinen gefährlichsten Gegenspieler und ewigen Störenfried Luzifer aus dem Himmel vertrieben und so seine Alleinherrschaft auf Dauer gesichert.

Nachdem wieder Ruhe eingekehrt war und Gott sein Schöpfungswerk erneut in Augenschein nahm, wurde ihm schließlich selbst klar, dass ihm am sechsten Schöpfungstag mit der Erschaffung des Menschen ein grober Fehler unterlaufen war. Er hatte die Menschen nicht nur mit guten, sondern auch mit schlechten Eigenschaften ausgestattet. Und hierzu schreibt die Bibel: "Der Herr sah, dass auf der Erde die Schlechtigkeit des Menschen zunahm und dass alles Sinnen und Trachten seines Herzens immer nur böse war. Da reute es den Herrn, auf der Erde den Menschen gemacht zu haben, und es tat seinem Herzen weh. Der Herr sagte: Ich will den Menschen, den ich erschaffen habe, vom Erdboden vertilgen." (Genesis 6) Und er ließ zur Strafe die allesvernichtende Sintflut über die Erde hereinbrechen.

Doch wie konnte dem absoluten Herrscher der Welt ein solch schwerwiegendes Missgeschick unterlaufen? Handelte es sich um einen handwerklichen Fehler? Wie auch immer.

Nach längerem Nachdenken kam Gott eine brillante Idee. Alles, was auf der Erde daneben ging, böse und schlecht war, wurde nun ihm, Luzifer, der fortan den Namen Teufel trug, in die Schuhe geschoben und er zum universellen Sündenbock erklärt. Als der davon erfuhr, war er in höchstem Maße empört. Denn ein "brüllender Löwe", oder ein "monströser Wurm" oder gar ein "Verderber der Menschen" ,so die Schimpfworte gegen ihn, sei er nun wirklich nicht.

Er musste allerdings neidlos anerkennen, dass Gott mit seiner Verteufelung eine geniale Intrige gelungen war. Hatte er doch zwei Fliegen mit einer Klappe geschlagen. Er war seinen lästigen Widersacher los und konnte ihm obendrein die Schuld an allem irdischen Leid, Verbrechen und Elend zuschustern.

Nachdem der Teufel aus dem Himmel verstoßen und auf die Erde hinabgestürzt war, schüttelte er sich, leckte seine Wunden, und erhob sich mit Mühen zu seiner ersten Wanderung auf dem blauen Planeten.

Als er nach dem verlorenen Aufstand gegen die Gottadministration mit all den anderen aus dem aufmüpfigen 9. Engelschor auf die Erde gestürzt war, hatte Gott ihn zur Strafe obendrein ganz abscheulich verunstaltet. Eines war dem Teufel aber sofort klar: Mit den Hörnern auf dem Kopf konnte er seine Erdenwanderung nicht beginnen. Man würde ihn ohne Zögern verspotten und davonjagen. Also wandte er sich unterwegs an einen Hufschmied, der ihn von den Hörnern auf seinem Kopf und dem Klumpfuß befreite. Allerdings, so erklärte der Schmied dem Teufel, müsse er damit rechnen, dass die Hörner im Laufe der Zeit wieder nachwachsen. Dies sei so ähnlich wie bei den Fingernägeln oder nach einem Friseurbesuch. Insofern sei es ratsam, immer eine Kopfbedeckung dabei zu haben.

Zwischenzeitlich kamen etliche sonderbare Gestalten im Laufschritt vorbeigerannt, die den Hufschmied in allergrößtes Staunen versetzten. Dies seien, so erklärte der Teufel, allesamt ehemalige Kollegen von ihm, die in die Wüste rannten, um die dort lebenden Einsiedler zu vertreiben. Denn das Revier der Wüste beanspruchten sie als letzte Zuflucht ganz entschieden für sich und die Nähe der Menschen wollten sie unbedingt meiden. Waren diese doch letztlich die Ursache dafür, dass sie ihren angestammten und heimeligen Platz im Himmel verloren hatten.

Der Teufel verabschiedete sich von dem Hufschmied und setzte seine Wanderung in die Menschenwelt fort. Vom Klumpfuß befreit schritt er nun beherzt drauflos und genoss den freien Blick in die Natur. Nach einigen Kilometern gönnte er sich eine Pause, setzte sich auf eine Wiese und dachte nach. Was war ihm geblieben? Seine frühere Macht hatte er endgültig verloren.

Allenfalls konnte er die Menschen auf Erden mit kleinen Boshaftigkeiten und Nickligkeiten ärgern und immerhin war ihm die Fähigkeit verblieben, sich beliebig in Raum und Zeit zu bewegen und so in den verschiedenen Ländern und Jahrhunderten herumzuvagabundieren.

Und so erhob sich der Teufel von seinem Wiesenplatz und brach zu seiner nächsten Wanderung auf. Doch vorher traf er noch Don Quijote, den Ritter von der traurigen Gestalt, wovon im folgenden berichtet wird.

Wie der Teufel auf seiner ersten Wanderung den Ritter von der traurigen Gestalt, Don Quijote, getroffen hat und was die beiden zu bereden hatten.

Als der Teufel so vor sich hin wanderte, kam ihm aus der Ferne eine abenteuerliche Gestalt entgegen. Ganz offensichtlich handelte es sich um einen Reiter auf seinem Pferd. Und als der sich näherte, kam der Teufel aus dem Staunen nicht heraus. Dieser spindeldürre Kerl da auf dem Pferd war doch tatsächlich mit einer rostigen Rüstung bekleidet. Dazu ein aufgestellter Speer sowie eine Art Rasierbecken auf dem Kopf. Dem Teufel fuhr es durch den Kopf: Das konnte nur Don Quijote sein, der Ritter von der traurigen Gestalt, von dem er schon allerhand gehört hatte. Im Himmel hatten sich Gott und die Engel oft über diesen verschrobenen Kerl kaputtgelacht.

Don Quijote war ein spanischer Junker, der in der Mancha lebte und als einer der prominentesten Büchernarren in die Literaturgeschichte eingegangen ist.

Zunächst ist nicht viel Bemerkenswertes über ihn zu berichten. Er war ein etwa 50jähriger spanischer Landedelmann, der auf seinem bescheidenen Gut ein ereignisloses Leben führte, so wie viele andere auch. Indes er frönte einer Leidenschaft, die seinem Leben Würze gab: Er hatte eine Vorliebe für Ritter- und Abenteurerromane, für die er sein gesamtes Geld ausgab, und die er mit allergrößter Gier und Inbrunst verschlang. Als ihm durch die Lektüre all dieser Ritterromane das Gehirn schon zu vertrocknen drohte, fasste er einen kühnen Entschluss: Er wollte selbst hinausziehen und das Leben eines fahrenden Ritters führen. Und so traf er denn auf seinem Ausflug durch die Sierra Morena den Teufel. Er machte Halt, stieg ächzend von seinem alten Kleppergaul Rosinante und man stellte sich gegenseitig vor. Als nun der Ritter vernahm, dass der andere der „Leibhaftige" oder auch der „Gottseibeiuns" sei, wechselte er unverzüglich in den Kampfmodus und schickte sich an, den Teufel mit seiner Lanze niederzustrecken. Doch als der mit müdem Blick erklärte, dass er zum Kämpfen gar keine Lust verspüre, beruhigte sich Don Quijote wieder. Insgeheim bedauerte er jedoch, dass er nicht kämpferisch dreinschlagen und so seinen Ruhm vermehren konnte. Man setzte sich also unter einem Baum friedlich zusammen und als der Teufel von seinen vergangenen Kämpfen im Himmel erzählte, war man bald ein Herz und eine Seele.

Seinen Diener Sancho Pansa hatte Don Quijote dieses Mal zu Hause gelassen. Und dies hatte einen besonderen Grund. Nach ihrer ersten gemeinsamen Ausfahrt hatte Sancho allerhand erfundene abenteuerliche und saudumme Geschichten über Don Quijote in die Welt gesetzt. So z.B. die Mär von dem Kampf des Ritters gegen die Windmühlen. Don Quijote habe sie für Riesen gehalten und sei kampfesmutig mit seinem Speer auf sie los galoppiert und habe sich dabei eine blutige Nase geholt. Oder auch die ominöse Geschichte mit der Schafherde, die der Ritter mit einem feindlichen Heer verwechselt habe, sich todesmutig hineingestürzt und ein grausliches Blutbad angerichtet habe. Alles Erfindungen Sanchos, um sich hervorzutun. Zudem, so munkelte man, habe Sancho all diese wunderlichen Geschichten dem spanischen Schriftsteller Miguel de Cervantes verscherbelt, der damit seinen berühmten Abenteuerroman über den fahrenden Ritter aufmöbelte und so die Auflage seines Buches enorm steigern konnte.

Der Teufel streckte sich unter dem Baum aus, seufzte und nach einigem Zaudern berichtete er, dass ihm ähnliche Verleumdungen selbst widerfahren seien. Ohne ihn zu fragen, seien im Laufe der Jahrhunderte unzählige Bücher und Traktate über ihn, den Teufel, verbreitet worden, in denen nur Falsches und Böses geschrieben worden sei. Wenn irgendwo der Blitz in ein Haus eingeschlagen hatte, so trage er hierfür die Schuld. Wenn Krankheiten und Seuchen die Menschen hinwegrafften, so war er der Urheber.

Unentwegt, so fuhr der Teufel fort, werden sämtliche Schlechtigkeiten und Bosheiten der Menschen auf mich abgeladen. Ich bin der ewige Sündenbock für alles Übel in der Welt. Kracht irgendwo eine Ehe auseinander, so war es der Eheteufel. Hat einer irgendeine Sauerei begangen, so bin ich es gewesen. Mir langt es langsam! Dabei sind es doch die Menschen selbst, die mit all ihren Kriegen, Massenmorden und anderen Verbrechen die Erde verunstalten. Und wenn sie mich nicht zu einem furchterregenden Monstrum aufdröhnen, veralbern sie mich und ziehen mich durch den Kakao. In den Märchen wimmelt es nur so von solch blödsinnigen Geschichten. Da bin ich dann der arme Teufel, der immer wieder zu kurz kommt oder reingelegt wird. Im Kasperletheater bin ich Dauergast. Oder mein Name wird schmählich missbraucht wie beim Fleckenteufel. Ob Monstrum oder armer Teufel - beides ist mir zutiefst zuwider. Es müsste endlich einmal meine leidvolle Geschichte berichtet werden, wie ich einst als Engel aus dem Himmel verstoßen wurde und noch heute heimatlos durch die Welt irre. Ohne je irgendjemandem irgendein Leid zugefügt zu haben! Um mich ins rechte Licht zu rücken, sollte einmal ein „Plädoyer für den Teufel" geschrieben werden. Vielleicht findet sich ja für ein solches Buch einmal ein Autor und ein Verlag, der endlich die ganze Wahrheit über mich, den Teufel, berichtet."

Wie der Teufel von einem grauslichen Höllenalbtraum heimgesucht wurde.

Der Teufel war auf seinen irdischen Streifzügen etwas fußlahm geworden und musste sich ausruhen. Er legte sich unter einen Pflaumenbaum und schlief auf der Stelle ein. Und als er so schlief, überkam ihn ein eigenartiger Traum. Ein Traum über eine aberwitzige Hölle, in der es Schrecken und Qualen von besonderer Art gab. Alles erschien gleichsam seitenverkehrt.

Die Traumhölle des Teufels war ein riesiger bunkerähnlicher grauer Bau. Gemessen an den Ausmaßen des Gebäudes war die Eingangstür erstaunlich klein. Man konnte nur einzeln eintreten.

Des Teufels Albtraum

Die Tür hatte weder außen noch innen eine Klinke und sie ließ sich nur öffnen, wenn man den Schlüssel besaß.

Wer hat das Sagen in der Traumhölle? Da ist zum einen natürlich der Teufel selbst, der gleichsam wie ein Jugendherbergsvater für die Alltagsgeschäfte in der Hölle zuständig ist. Entgegen einem verbreiteten Irrtum hat er dort jedoch keineswegs die Oberhoheit. Denn die liegt - so jedenfalls in des Teufels Traum - bei den Erzengeln Gabriel, Uriel, Rafael und Michael. Sie bilden gleichsam den Aufsichtsrat der Hölle mit Gott als Aufsichtsratsvorsitzendem. Sie waren die Architekten des neuen Höllenkonzepts. Das Ziel und der tiefere Zweck blieb unverändert: alle Menschen, die als böse, verbrecherisch oder sündhaft gelten, aus dem weltlichen Verkehr zu ziehen und im Höllenbunker zu internieren. Und so kamen sie denn alle: Betrüger, Ehebrecher, Diebe, Mörder, Börsenspekulanten, kleindiebische Existenzen, Kinderschänder, Falschspieler etc. etc. Sie alle gehörten fortan zur Stammbelegschaft der Hölle.

Allerdings waren die Methoden zu ihrer moralischen Aufrüstung völlig neu und geradezu revolutionär. Man sitzt dort auf langen Bänken und an ungehobelten Tischen; als Beleuchtung sind an der Decke Neonröhren angebracht, die ein unangenehm grelles und kaltes Licht verströmen. Schlafgelegenheiten gibt es nirgendwo. Wer müde ist, legt sich einfach unter eine der Holzbänke und schläft. Das Ganze hat den Charme eines bayrischen Bierzeltes oder eines Bahnhofswartesaals aus den fünfziger Jahren.

Nachdem die Hölle in ihren Grundzügen eingerichtet war, trat der Aufsichtsrat zusammen und erläuterte sein gänzlich neues revolutionäres Höllenkonzept, das alles Bisherige auf den Kopf stellen sollte. Die Hölle, so der Plan, sollte künftig nicht mehr ein Ort der Strafen sein, sondern den Insassen sollten dort die Grundlagen einer christlichen Lebensführung anerzogen werden; denn an einer solchen scheint es den meisten zu ermangeln, sonst wären sie ja nicht in der Hölle gelandet.

Doch zunächst mussten in der Höllenhalle alle nötigen Hilfsmittel für das christliche Religionstraining installiert werden. Da wäre zunächst einmal der riesige Altar mit dem gekreuzigten Jesus. Und hinten in der Ecke wurde ein geschnitzter hölzerner Beichtstuhl aufgestellt, der regelmäßig benutzt werden sollte. Und wenn kein Beichtvater zuhanden war, musste der Teufel schon mal aushelfen und die Beichte abnehmen. Auch das noch! Dachte der Teufel und wäre gerne aus dem Traum ausgestiegen, doch einstweilen gab es kein Entrinnen.

Der Teufel residierte in einem kleinen schäbigen Holzverschlag direkt neben der Eingangstür. Wer die Hölle betrat, musste als Erstes seine Personalien von ihm aufnehmen lassen und dann händigte der Teufel ihm die religiöse Grundausstattung aus: Eine einfache und gekürzte Ausgabe der Bibel, einen Rosenkranz und ein kleines hölzernes Kreuz. Auf der gegenüberliegenden Wand wurde ein Bücherregal aufgestellt. Und hier fanden sich nicht allein die einschlägigen Primärtexte des Christentums, also die Bibel in verschiedenen Ausgaben, sondern ebenso der Katechismus der katholischen Kirche, Heiligengeschichten ohne Ende, ausgewählte Predigten aus mehreren Jahrhunderten und Beichtspiegel für alle Lebenslagen.

Die Hölle wurde vom Aufsichtsrat so zu einer Art Kirche umfunktioniert, in welcher die Ungläubigen von früh bis spät mit Gebets- Buß- und Beichtaufgaben beschäftigt waren. Wer all die neuen Vorschriften beherzigt und das neue Höllenweiterbildungsprogramm erfolgreich absolviert hatte, dem wurde es gestattet, auf der Erde noch eine zweite Runde zu drehen.

Das neue Konzept der Reformhölle hatte sich wie ein Lauffeuer auf der Erde herumgesprochen und wurde als die schlimmste aller denkbaren Strafen gefürchtet.

Was sind denn all die traditionellen Höllenqualen mit ihrem ätzenden Feuer und dem gesamten Ensemble an Folterwerkzeugen gegenüber den Martern einer christlichen Lebensführung? Was gegenüber all den endlosen Gebeten, Gewissensqualen, Selbstkasteiungen, all den Askese- und Fastenorgien und Selbstbezichtigungen? Und dies umso schlimmer, wenn man überzeugter Atheist war. Doch es bildete sich auch Widerstand gegen diese fromme Bevormundung. Nicht jeder hatte Lust, die täglichen klerikalen Lobhudeleien über sich ergehen zu lassen. Statt zu beten, begannen die Sünder laut zu murren und Karten zu spielen. Dies steigerte sich bis hin zu vereinzelten Aktionen des passiven Widerstands oder gar der Sabotage. So war z.B. von einem Tag auf den anderen der Stapel mit den Gebetbüchern verschwunden. Anderen Tags klagte einer, dass ihm sein Rosenkranz offensichtlich gestohlen worden sei.

Der natürliche Verbündete und das Zentrum solch kleiner antiklerikaler Widerstandsnester war natürlich kein anderer als der Teufel höchstselbst. So begann er damit, heimlich Bücher einzuschmuggeln, die im christlichen Leben nichts zu suchen hatten oder gar verboten waren. Dazu gehörten der berüchtigte „Pfaffenspiegel", die monumentale zehnbändige „Kriminalgeschichte des Christentums" von Karl-Heinz Deschner oder aber auch Bücher über die Verbrechen der Hexenverfolgungen und der Inquisition.

Dem Teufel war die radikale Umwandlung des Höllenlebens in ein christliches Erbauungsinstitut natürlich ein einziger Graus. Vor allem auch deshalb, weil er so zum Handlanger des ihm verhassten Himmelsestablishments degradiert wurde.

So verwundert es nicht, dass der Teufel von all dem Leben in der Reformhölle hinlänglich genug hatte. Und da er ja über einen Schlüssel für den Hölleneingang verfügte, machte er sich eines Nachts heimlich aus dem Staub und ward künftig nie wieder in der Hölle gesehen. Zunächst änderte er radikal sein Aussehen und war kaum wiederzuerkennen. Trug er in der Hölle eine Art Franziskanerkutte, die ihm viel zu groß war und am Boden schleifte, so gab er sich nun ausgesprochen elegant und vornehm. Und so fiel der Teufel im menschlichen Alltag nicht weiter auf. Er war ein fast fünfzigjähriger schlaksiger Kerl, den man auch in einer Kirchenverwaltung oder einem sozialwissenschaftlichen Forschungsinstitut hätte antreffen können. Er trug nun einen schwarzen Anzug mit Weste und weißem Hemd. Das Ganze selbstverständlich ohne Fliege oder Krawatte; an den Rändern seines ovalen Kopfes kringelten sich kurzgeschnittene dunkle Haare, die sich kopfaufwärts allerdings zu einer Glatze verdünnten. Seine schwarzen Stiefel waren ihm besonders am linken Fuß etwas zu eng, was seinen etwas schleppenden und holprigen Gang erklärte.

Bei seiner Suche nach einer neuen Arbeitsstelle auf Erden hatte der Teufel erstaunlicherweise keine allzu großen Schwierigkeiten und nach einigen wenigen Bewerbungen begann er schließlich ein neues Leben im Vorstand der "Deutschen Bank".

Doch Gott sei Dank war auch dies nur ein Traum. Erleichtert erwachte der Teufel unter dem Pflaumenbaum und war froh, dass er weder in der Hölle noch im Vorstand der "Deutschen Bank" gelandet war.

Worin berichtet wird, wie der Teufel bei seinen Wanderungen durch die Wüste die Askese-Orgien der Einsiedler kennenlernte.

Beherzt und guter Dinge startete der Teufel seine Wanderung durch die Weiten der Wüste hin zu den dort lebenden Eremiten. Doch bereits nach wenigen Kilometern setzte ihm die Hitze arg zu. Umso mehr als er - sieht man von seinem Traum ab - ja keinerlei Höllenerfahrungen hatte. Etwas ermattet setzte er sich in den Schatten eines Felsen und dachte über seine jüngsten Erlebnisse nach.

Von den Wüstenbewohnern, den Anachoreten, und ihren Ausschweifungen der Askese hatte man ihm ja schon einiges erzählt. Von jenen Hungerkünstlern und Hungerakrobaten, die nur alle paar Wochen etwas trockenes oder gar nur verschimmeltes Brot essen. Und es gab auch Berichte über jene Einsiedler, die sich aus freien Stücken selbst rigoros den Schlaf rauben. Entweder schlafen sie nur im Sitzen oder aber nächtelang überhaupt nicht.

Was ist nur der tiefere religiöse Sinn all dieser entsagungsvollen Askeseleistungen? Der Teufel hatte sich einmal mit einem Abt darüber unterhalten, und der hatte ihm erklärt, dass dieses weltabgewandte und entbehrungsreiche Leben den Weg zu Gott ebnen solle und dass der Körper hierbei nur störender Ballast sei. Als der Teufel in die Ferne blickte, glaubte er seinen Augen nicht zu trauen. Da hing doch tatsächlich an einer Felswand ein Mensch mit nacktem Oberkörper, der mit einer eisernen Kette angeschmiedet war. Völlig ungeschützt in der prallen Sonne! Das konnte nur Prometheus sein, der den Menschen das Feuer gebracht hatte und als Strafe für diesen Frevel von den Göttern im Gebirge angekettet worden war. Und zur Steigerung dieser Qual kam mehrmals täglich ein Adler angeflogen, der in seiner Leber herumhackte. Der Teufel dachte nach. Prometheus konnte es denn doch nicht sein, da weit und breit kein Adler zu sehen war.

Der Teufel trat aus dem Schatten heraus, um der Sache auf den Grund zu gehen. Als er in Rufweite war, fragte er den Angeschmiedeten, ob alles in Ordnung sei und ob es ihm gut gehe. Ob er helfen solle, ihn von den Fesseln zu befreien. Der aber bellte zurück, er solle ihn in Ruhe lassen und verschwinden. Weshalb er denn hier angefesselt sei, wollte der Teufel nun wissen. Der Asket erwiderte gereizt, er habe sich auf eigenen Wunsch anketten lassen und er gebe sich der Askese hin - zum Lobpreis Gottes. Aber dies könne er mit seinen dummen Fragen wohl nicht verstehen. Sein Ziel sei es, den Körper gänzlich zu überwinden, um so reiner Geist zu werden und in die himmlischen Gefilde zu gelangen, hin zu Gott. Der Teufel schüttelte verständnislos den Kopf und ermunterte den Asketen, doch lieber mit ihm in die Hölle zu kommen. Dort sei es möglicherweise nicht ganz so heiß wie hier in der Wüste. Der Asket dankte ihm für diese Angebot. Sein Programm sei es aber, Gott und nicht dem Teufel nahe zu kommen.

Unser Teufel kam aus dem Staunen nicht heraus; er verließ den angeschmiedeten Asketen und wanderte weiter hin zu den Anachoreten, die sich in der ägyptischen Wüste niedergelassen hatten. Sie galten zwar als Einsiedler, aber so ganz allein waren sie denn doch nicht immer. Jeder lebte zwar für sich in einer winzigen und kargen Hütte. Wenn ihnen die Decke aber auf den Kopf fiel, besuchten sie sich ab und an schon einmal, um sich über die jüngsten Ereignisse in der Wüste auszutauschen oder sich über die letzten Angriffe der Dämonen zu unterhalten. Einer berichtete mit Tränen in den Augen, wie er nachts von einem Rudel von Dämonen heimgesucht worden sei, die ihm solche Schläge versetzt hätten, dass er "stumm vor Qualen" zu Boden gestürzt sei. Ein andermal erschienen ihm, so erzählte er weiter, die Dämonen in der Gestalt wilder Tiere und Ungeheuer und versuchten, ihn umzubringen.

Derartige Geschichten waren natürlich nicht wörtlich zu nehmen; denn zu solch gewalttätigen Aktionen waren die Dämonen längst nicht mehr imstande. Nach dem Sturz des Luzifer und seines 9. Engelschores, dem die Dämonen ursprünglich ja angehörten, hatten sie ihre Macht weitgehend verloren. Allenfalls konnten sie noch die frommen Brüder mit Halluzinationen und schaurigen Träumen quälen und solche irren Dämonenvisionen waren meist Ausdruck der oftmals furchtbaren Seelenzustände der Anachoreten.

Am Abend traf der Teufel auf eine kleine Gruppe von Anachoreten, die um ein Feuer herumsaßen. Der Teufel setzte sich zu ihnen und wurde neugierig beäugt und befragt. Wer er denn sei und woher er komme? Er sei in den letzten drei Wochen weit vom Norden her gewandert und habe dann mit einem kleinen

Schiff von Griechenland nach Nordafrika übergesetzt, um in der Wüste Ruhe zu suchen. Man habe ihm versichert, dass er hier in der Weltabgeschiedenheit seinen Seelenfrieden finden werde, den er so nötig habe. „Aber was hat denn euch hier in diese Einöde verschlagen?" fragte er nun seinerseits. „Seid ihr vielleicht ausgebrochene Kriminelle oder euren Ehefrauen davongelaufen?" Der Älteste von den Umsitzenden, der Abbas, erklärte ihm, dass sie aus den Städten hierher geflohen seien, um sich in der Einsamkeit der Meditation und dem Gebet widmen zu können. Das Einzige was sie hier an ihrem religiösen Programm immer wieder hindere, seien die Dämonen, die mal als lästige Schmeißfliegen und gelegentlich auch in der Gestalt furchterregender Drachen ihr Unwesen trieben. Aber nicht allein die Dämonen seien es, sondern ebenso deren Oberhaupt, der Teufel. Der Teufel wollte dem gerade widersprechen, biss sich dann aber noch rechtzeitig auf die Lippen.

Nach dem Sturz Luzifers und des 9. Engelschors aus dem Himmel hatten sich viele der Dämonen in die Wüste zurückgezogen. Nach all den Auseinandersetzungen und Kämpfen im Himmel suchten sie hier Ruhe und Frieden. Der Konflikt zwischen ihnen, diesen Unterteufeln auf Erden, und den frommen Mönchen und Einsiedlern war insofern geradezu unausweichlich. Denn ausgerechnet in diese Region hatten sich ja auch die frommen Einsiedler, die Anachoreten, zurückgezogen. Für sie war die Wüste gleichsam ein spiritueller Flugplatz hinauf in den Himmel. Die Dämonen ihrerseits waren hierüber in höchstem Maße empört. Und zwar aus zweierlei Gründen: Zum einen schickten sich die Menschen an, den Dämonen, diesen ehemaligen Engeln, ihre Plätze im Himmel streitig zu machen. Und zudem raubten diese merkwürdigen Menschen ihnen die Ruhe der Wüste.

Der Teufel wollte mehr über die Askeseübungen wissen und so kamen sie denn in ein lebhaftes Gespräch über die Wundertaten des heiligen Symeon, einem Stern am Himmel der Wüstenaskese. Der Bruder Palamon hatte ihn noch persönlich gekannt. Es ging von ihm die Rede, dass er es mit seinen Übungen zu olympischer Askesemeisterschaft gebracht habe. So grub er sich einmal in einer öden und abgeschiedenen Gegend bis zur Brust ein und trotzte in dieser unbequemen Haltung zwei Jahre der Sommerhitze und der winterlichen Eiseskälte. Ein andermal, so berichtete Palamon weiter, ließ er sich in eine Klosterruine einmauern und harrte dort ohne Nahrung fast bis zum Hungertode aus. Richtig berühmt geworden sei Symeon jedoch erst durch seine Säulensteherei. Die Säulen, auf die er sich stellte, nahmen im Laufe der Zeit immer höhere Ausmaße an; die letzte maß 20 Meter. Auf ihr verharrte er - im Stehen!! - geschlagene 30 Jahre bis zum Ende seines Lebens. So wird es jedenfalls berichtet. All diese bizarren Übungen und noch viele andere mehr vollführte Symeon, um seine Tugend zu festigen, sich vom allem Weltlichen abzuwenden und vor allem um Gott zu gefallen.

Symeon sei sicherlich ein Ausnahmeasket gewesen, aber, so wandte einer der Brüder ein, man dürfe darüber nicht die anderen Helden der Askese vergessen; so z.B. die Meister in der Disziplin des Dauerbetens. "Der Mönch Paulus vollführte", so erzählte der Bruder, "pro Tag sage und schreibe 300 Gebete." Ob ihn Gott dabei erhört hat, ist freilich nicht bekannt. Er wurde aber - was ihn sehr ärgerte - von einer unweit lebenden Nonne übertroffen. Sie absolvierte 700 Gebete pro Tag; und dies, obwohl sie im Nachteil war, da sie gleichzeitig fastete! Auch beim Hersagen von Psalmen ließen sich Rekorde aufstellen. Als normaler Durchschnittswert galt von alters her das Rezitieren von 12 Psalmen in stehender Haltung. Mit der Ausbreitung christlicher Askese wurde diese Norm jedoch zusehends gesteigert; und zwar nicht allein im Hinblick auf die Anzahl der Psalmen, sondern zusätzlich durch verschärfte körperliche Strapazen. So hat man das Psalmodieren mit Kniebeugen verbunden. Der bereits erwähnte Säulensteher Symeon soll es auch in dieser Disziplin zu virtuoser Meisterschaft gebracht haben; beim Deklamieren auf seiner Säule soll er 1244 Kniebeugen pro Tag vollführt haben! Und dies alles wiederum zum höheren Lobpreis Gottes.

Der übliche Einstieg in die asketische Lebensweise war der Auszug in die Wüste, um dort in Einsamkeit zu leben. Insofern war es auch nur konsequent, dass die Asketen ehelos waren und sich in ein sexuelles Niemandsland begeben hatten.

Auch extremes Fasten gehörte gewissermaßen zu ihrem täglichen Brot. Ganz entschieden ging es dabei um den Weg zu Gott. Und diesen Weg konnte man im frühmittelalterlichen Mönchtum nur erfolgreich beschreiten, wenn man sich möglichst rigoros aus allem weltlichen Gewusel, aus aller menschlichen Gemeinschaft, heraushielt und den Pfad des engelsgleichen Lebens beschritt. Ein Haupthindernis auf diesem Weg war jedoch der eigene Körper und man musste ihn im Schachspiel der Askese möglichst mattsetzen und ausschalten. "Je mehr der Körper leidet, desto mehr freut sich die Seele." Dies war das Motto und die Richtschnur aller Askeseübungen. Und hierbei war man erfinderisch. Einer der Umsitzenden erzählte von einem

Bruder, der unaufhörlich und herzhaft gelacht habe. In einem fort! Ohne jede Unterbrechung! Laut! Sehr laut! Zum Ärger der anderen Mönche. Sie stellten ihn zur Rede, ob er damit etwa Gott verlachen wolle? Beileibe nicht! Ganz im Gegenteil! Er wolle mit seiner Lachaskese Gott selbst zum Lachen bringen. „Papperlapapp!" entgegnete unwirsch einer der Brüder. Gott sei es überhaupt nicht zum Lachen zu Mute, nachdem er gesehen hatte, was er mit der Erschaffung der Menschen angerichtet hatte. Diese Lachorgie ging den Brüdern denn doch zu weit; ganz abgesehen davon, dass der Lachbruder ihnen nachts mit seinem Dauerlachen den Schlaf raubte. Und deshalb vertrieben sie ihn in die Weiten der Wüste. Aber dies war möglicherweise nur eine erfundene kuriose Geschichte abends am Lagerfeuer. Allerdings sind über das Lachverbot im Christentum später dicke Romane geschrieben worden.

Wie stand es nun aber mit der Sexualität bei den Anachoreten? Einer hat sich, als ihn sexuelle Anfechtungen ergriffen, im Winter in einen kalten Brunnen gesetzt und dort mehrere Tage und Nächte ausgeharrt. Von einem Mönch namens Makarius wird berichtet, dass er sich sechs Monate hindurch nackt in einer Sumpfgegend aufhielt, bis die Stechmücken seinen Körper derartig entstellt hatten, dass er nur noch an seiner Stimme erkannt werden konnte.

Im Unterschied zur Sexualaskese, die ja immer die totale Entsagung verlangt, kann die Nahrungsaskese naturgemäß immer nur teilweise verwirklicht werden. Denn irgendetwas muss man essen, sonst verhungert man. Allerdings ist das Essen immer auch ein Störfaktor. Es ist eine lästige Unterbrechung beim Beten und zudem eine verdächtige sinnlich-körperliche Angelegenheit.

Vor einiger Zeit, so berichtete ein anderer der umsitzenden Anachoreten, gab es in seiner Nachbarschaft einen anderen Bruder, der in jeder Hinsicht ein Virtuose der Askese war. Er war nicht allein im Wettbeten allen anderen voraus, sondern hatte auch dem Schlaf, diesem lästigen Klotz am Bein des asketischen Lebens den Kampf angesagt. Irgendwann ist er aber dann doch eingeschlafen und nie wieder erwacht. Der Teufel war von all diesen Geschichten so sehr beeindruckt, dass er selbst einmal die Probe aufs Exempel machen wollte. Indes, bereits in der ersten Nacht nahm sein Wachen ein jähes Ende und er schlief ein.

Ein probates Mittel, um den Schlaf zu überwinden, waren nächtliche Arbeitseinsätze. So schaufelten Pachomius und sein Lehrer Palamon den Sand von einem Berg in riesige Körbe, schleppten sie zu einem anderen Berg und schütteten den Sand dort wieder aus. Im Unterschied zur Fastenaskese, die ja eher eine passive Angelegenheit ist, geht diese exzessive Sandschlepperei über die Grenzen körperlicher Belastbarkeit weit hinaus. Und immer ging es ganz entschieden darum, den Körper "abzutöten".

Bei all diesen irrwitzigen Askeseübungen der Mönche treiben die Dämonen ihr bösartiges Spiel. Sie reden, lärmen, verstellen sich, erregen Verwirrung, lachen albern, zischen; wenn man sie aber nicht beachtet, heulen und jammern sie. Gelegentlich verkleiden sie sich auch als Mönch und wecken uns zum Gebet, wenn wir schlafen. Oder sie stacheln zu übertriebener Askese an. So kann es vorkommen, dass sie den Anachoreten zu übermäßigem Fasten verleiten, um so den Körper zu schwächen.

Soviel hatte der Teufel aus all den Erzählungen der Anachoreten gelernt: Die Dämonen stehen für die schlechten menschlichen Eigenschaften: Es sind die Todsünden des Hochmuts, der Habgier, der Wollust, des Zorns, der Völlerei, des Trübsinns und der Missgunst. Immer dann, wenn ein solches leidenschaftliches Gefühl beim Menschen auftritt, bedeutet dies ein Einfallstor für die Dämonen. Sie setzen an den schwachen Seiten eines Menschen an, um diese zu verstärken. Ob sie ihr Werk verrichten und "ihre brennenden Geschosse" losschicken können, hängt von der asketischen Verfassung des Einsiedlers ab.

Der Teufel fasste sich ein Herz und brachte der frommen Anachoretenrunde seinen Entschluss vor: Er selbst wolle einmal das entbehrungsreiche Leben eines Wüstenmönches führen und ob sie ihm dabei behilflich sein könnten. Das täten sie gerne, sprach darauf der Abbas und sie hätten auch schon eine Idee. Etwa sieben Kilometer entfernt stünde die ehemalige Zelle eines Bruders, der die Einsamkeit nicht mehr ertragen konnte und zu Frau und Kind zurückgekehrt war. Dort könne er ja die von ihm ersehnte meditative Einkehr finden. Der Teufel dankte für diesen Rat und machte sich auf den Weg zu der verlassenen Hütte. Vor seiner neuen Behausung stand eine kleine Bank, auf der er sich niederließ und über sein spirituelles Projekt nachdachte. Dann stand er auf, ging in die Hütte hinein und - wusste nichts mit sich anzufangen.

Er erlitt nun schon in der zweiten Woche die Eintönigkeit seines Wüstenexperiments. War er etwa anfällig für die blindwütigen Geschosse der Dämonen? Die Dämonen, die ja ursprünglich zu seinen himmlischen Heerscharen gehörten und mit ihm auf die Erde gestürzt waren, konnten es allerdings nicht wagen, ihm etwas anzuhaben, zumal er über die Todsünden nur lachen konnte. Er war weder gefräßig, noch war er ein Säufer. Und sexuell ausschweifend war er schon mal gar nicht. Das überließ er gerne den Mönchen mit ihren schlüpfrigen Fantasien. Wie stand es aber mit der Habgier? Die hatte sich der Teufel längst abgewöhnt. Allein der Hochmut war ihm nicht fremd. Aber das war lange her. Damals als er den Kampf mit Gott aufgenommen hatte, der ihn schließlich besiegte und aus dem Himmel hinauswarf.

Der Teufel saß in seiner dürftigen Zelle und kam ins Grübeln. Ob es nicht doch besser gewesen wäre, sich Gott unterzuordnen und seinen bequemen Platz im Himmel zu bewahren. Es wäre ihm manches erspart geblieben. Doch jetzt saß er in der Wüste und die Hitze und die Einsamkeit machten ihm gar zu schaffen. Der Kontakt zu den Anachoreten war abgerissen. Man hatte sich in dem Labyrinth der Dünen aus den Augen verloren.

Hier in der Wüste ging alles seinen schleppenden Gang. Dem Teufel kam es vor, als stünde die Zeit still, als habe der Tag gefühlte 50 Stunden. Dauernd sieht er aus dem Fenster und tritt vor die Tür seiner Hütte, um zu sehen, ob sich die Sonne vorwärts bewegt hat. Verbitterung steigt in ihm auf; er beginnt seine Zelle zu hassen; sein gegenwärtiges Leben wird ihm zuwider. Was war geschehen? Der Teufel war offensichtlich vom Mittagsdämon ergriffen worden. Er wusste auch nicht, ob der damals zusammen mit ihm vom Himmel gestürzt war, oder ob der immer schon in der Wüste sein Unwesen getrieben hatte. Der Mittagsdämon ist ein Ungeheuer, dessen Körper aus Schuppen und Haaren besteht. Er hat nur ein Auge, und das befindet sich an der Stelle des Herzens. Er erscheint in der Mittagshitze und wälzt sich vorwärts wie eine Kugel und wer ihm ins Auge schaut, der ist des Todes. Der Mittagsdämon, das ist der Dämon der Acedia, des Trübsinns und der Depression, von dem bereits im Alten Testament die Rede ist. Sein Angriff auf die Wüstenmönche setzt gegen zehn Uhr morgens ein und zieht sich hin bis zum Nachmittag.

Der Teufel hatte ganz entschieden genug vom Leben in der Wüste und dem spartanischen Dahinvegetieren der Anachoreten. Zwei Wochen genügten. Das war ja alles noch viel schlimmer, als was von den Qualen der Hölle erzählt wird. Nachdem die ärgste Mittagshitze vorüber war, brach er auf und wanderte gen Norden.

Auf seiner Wanderung traf der Teufel auf ein schon leicht verwittertes Steingrab. Später erfuhr er, dass dort ein berühmter Anachoret beerdigt liegt. Und dessen Lebenssinn hatte darin bestanden, Primzahlen zu sammeln. Für dieses Projekt hatte er sich beim Auszug aus seiner Heimatstadt in die Wüste einen gehörigen Vorrat an Papyrusrollen mitgenommen, die er Tag für Tag von früh bis spät beschrieb. Die jeweils gefundenen Primzahlen betete er laut und inbrünstig in die Weite der Wüste hinaus und widmete sie Gott. Es ist insofern nicht verwunderlich, dass die benachbarten Anachoreten nichts mit ihm zu tun haben wollten; denn diese ewige Primzahlenzählerei war für sie nichts anderes als ein Akt von Gotteslästerung. Gott selbst dagegen hatte das Projekt aus dem Himmel heraus mit Wohlgefallen beobachtet und seufzend gedacht, dass die Erde doch ganz anders aussähe, wenn alle Menschen Primzahlen zählten, anstatt Kriege zu führen.

Wie der Teufel einmal mit einem Psychotherapeuten in einen heftigen Streit geriet.

Der Teufel hatte sich nach seiner einsamen Wüstentour wieder unter die Menschen begeben und sich nun in den quirligen Gefilden einer süddeutschen Kreisstadt niedergelassen. Doch nach einiger Zeit war ihm dieses Weltgetümmel mit all den neurotischen Menschen geradezu quälend aufs Gemüt gegangen. All diese Hektik mit ihren griesgrämigen Leuten bekam ihm überhaupt nicht. Vielleicht aber passte er auch nicht so richtig in diese Welt. Mit Sicherheit war er eine Art teuflischer Stadtneurotiker und er suchte deshalb einen Therapeuten auf, um sich helfen zu lassen.

Psychotherapeuten sollte man immer reinen Wein einschenken. Und zunächst musste er sich vorstellen und seinen Namen sagen. Also kurz und gut: „Ich bin der Teufel." Der Psychotherapeut lehnte sich in seinem Sessel zurück und schmunzelte vor sich hin. Schon wieder so einer. "Kürzlich hatte ich einen Napoleon und davor den Papst. Und jetzt also den Teufel höchstpersönlich." Da könne er leider nicht weiterhelfen. Das sei ihm eine Nummer zu groß, zumal er sich mit schizophrenen Phänomenen nicht besonders gut auskenne und er auch eine solche Therapie nicht bei der Krankenkasse abrechnen könne. So behauptete er jedenfalls. Er könne ihm aber gerne einen kompetenten Kollegen in der St. Hedwig-Psychiatrie empfehlen.

Der könne ihm sicherlich seinen Teufelswahn nachhaltig austreiben. Der Teufel war einigermaßen deprimiert, bedankte sich für den Rat, der ihm allerdings überhaupt nicht weiterhalf. Er ist nun mal selbst der Teufel und es hatte deshalb überhaupt keinen Sinn, ihm den Teufel austreiben zu wollen. Also ging er zu dem Psychoanalytiker in der St. Hedwig-Psychiatrie und der bat ihn, sich zunächst auf die Couch zu legen und sich an seine Kindheit zu erinnern. „Erzählen Sie mir von Ihrer Mutter." Der Teufel lag geschlagene 10 Minuten schweigend auf der Couch und dann holte er tief Luft. „Meine Mutter habe ich nie kennengelernt. Gott, mein Vater, hatte sie kurz nach meiner Geburt ins Abseits befördert. Sie wurde von ihm verstoßen, weil sie sich sonst möglicherweise als unliebsame Konkurrenz zu seinem Alleinvertretungsanspruch hätte aufschwingen und am Ende gar ein Matriarchat aufbauen wollen.

Der Therapeut hörte sich das Gelaber des Teufels an, seufzte und verabschiedete nach 50 Minuten seinen Patienten mit den Worten "es genügt". Im Sessel sitzend dachte er über seinen neuen etwas komplizierten Fall nach. Ödipus war ja hier wohl nicht im Spiel. Die Familienkonstellation hatte hier offensichtlich eine andere Struktur. Da war zum einen der machtbesessene Gott, der Chef von allen, gegen den keiner ankam. Zum anderen waren da die Erzengel, die sich immer mal wieder in einem heillosen Konkurrenzkampf verhedderten. Allen voran der machtlüsterne Erzengel Michael, der mehr noch als die anderen bestrebt war, bei Gott die erste Geige zu spielen. Er war ein durch und durch opportunistischer und intriganter Kerl. Der Chef hätte ihn längst aus dem himmlischen Machtzentrum rausschmeißen sollen. Aber Gott war ja selbst bekanntlich schon lange auf dem absteigenden Ast. Der deutsche Philosoph Friedrich Nietzsche hatte ihn sogar ohne Umschweife für tot erklärt. Doch wie auch immer, er war schon lange nicht mehr der uneingeschränkte Herrscher der Welt, sondern hatte sich in einen inkontinenten, triefenden Greis verwandelt. Und auch wenn er noch auf seinem Thron im Zentrum der himmlischen Gefilde saß, so tanzten ihm doch die Erzengel auf seiner Nase herum und bestimmten die himmlische Agenda.

In der nächsten Therapiesitzung bat der Psychotherapeut den Teufel, sich wieder auf die Couch zu legen und den Traum seiner letzten Nacht zu erzählen. Der Teufel versenkte sich in seine seelischen Innereien und grübelte eine Weile vor sich hin. Er habe sich in einem finsteren Gebäude befunden, in dessen Mitte eine steile Wendeltreppe nach unten führte. Und er sei dann wie von einem inneren Sog getrieben, diese Treppe hinuntergestiegen. Glücklicherweise gab es ein Geländer, an dem er Halt fand. Ohne diese Stütze, so erzählte er weiter, wäre er unweigerlich sofort in den Schlund hinabgestürzt. Doch so konnte er Schritt für Schritt den Stufen folgen. Und mit jedem Schritt hinunter wurde es heißer und heißer, sodass er schließlich beschloss, umzukehren. Doch dann sei er erwacht und froh gewesen, dass dieser bedrohliche Gang in die Tiefe nur ein Traum war.

Was ihm denn dazu einfalle, wollte der Psychotherapeut wissen. Das sei in seinem Fall doch voll-kommen klar, erwiderte der Teufel, dass es die Hölle war, in der sich die sündigen Insassen für ewige Zeiten in der glühenden Hitze quälen müssen. Der Therapeut betätigte sich als gelernter Mäeutiker oder Geburtshelfer und zog dem Teufel aus der Nase, was in sein Therapiekonzept passte. Die Hölle, so der Psychotherapeut, sei sicherlich ein Bild für sein Unbewusstes. Und dort hinab steige er mit Hilfe des therapeutischen Geländers. „Das ist doch Blödsinn" entgegnete der Teufel aufgebracht. „Das hat mit meinem Unbewussten überhaupt nichts zu tun. Das ist schlicht die Hölle, von der ich immer wieder gehört habe. Und überhaupt, was soll denn das Unbewusste eigentlich sein. Mein Traum über diese drohende Horrorvision hat ausschließlich mit der Hölle zu tun. Und zwar nicht mit irgendeiner Hölle, sondern mit der speziellen Hölle, welche der Generalsekretär Gottes, der Erzengel Michael, der Oberbürokrat, für mich, den Teufel, vorgesehen hat. Doch dies habe er gerade noch verhindern können, indem er beim Himmelssturz nicht in der Hölle, sondern im Nördlinger Ries in Süddeutschland gelandet sei. Die Machtfülle des Erzengels Michael, so fuhr der Teufel fort, wurde immer größer. Aber wir anderen Engel haben zunächst gar nicht richtig bemerkt, wie er sich Schritt für Schritt an Gott herangewanzt hatte. Schließlich hat er sich zum Kommissar für ideologische Fragen aller Art aufgeschwungen. Und um mich zu entmachten, hat er mich, den Teufel, als Anführer aller Abweichler und Renegaten im Himmel und auf Erden diffamiert. Ein ausgesprochen anmaßender und machtlüsterner Kerl. Allein schon sein Name sei eine einzige Provokation. Michael heißt im Hebräischen „Wer ist wie Gott"? Donnerwetter! Eine Nummer kleiner ging es wohl nicht?!"

Der Teufel wandte sich wieder an den Therapeuten. „Ihr Seelenklempner mit eurem psychologischen Kauderwelsch geht mir sowieso gründlich auf die Nerven. Immer kommt ihr mit eurem blöden Ödipuskomplex.

Der Teufel nach seinem Besuch

beim Psychotherapeuten

Ich aber hatte nie ein Problem mit meinem Vater Gott gehabt. Und eine Mutter ist mir nicht einmal bekannt, für die ich wie einst Ödipus meinen Vater hätte umbringen können. Ach ja, den Geschwisterkomplex gibt es ja bei euch auch irgendwo. Aber so richtig erforscht ist er in der Psychoanalyse wohl noch nicht. Außerdem trifft dieser Komplex bekanntlich auf mich nicht zu. Denn zu den anderen Erzengeln Rafael, Uriel und Gabriel habe ich ja kein schlechtes Verhältnis, behauptete er. Allein der Machtbolzen Michael ist mein Problem." All diese konfusen Reden des Teufels begannen den Psychotherapeuten zu langweilen. Außerdem sah er die Gefahr, dass der Teufel sein Psychotherapiekonzept durcheinander bringen könnte und deshalb legte er ihm nahe, die Therapie einstweilen zu beenden. Das werde er auch tun, polterte der Teufel beleidigt los, und zwar auf der Stelle. Und er stürzte hinaus und ließ nur seinen Schwefelgeruch im Zimmer des Therapeuten zurück.

Kapitel II: Wie sich der Teufel in die Staatsbibliothek verirrte und dort mancherlei über die Menschenteufel erfuhr.

Theatrum diabolorum

Die Bibliothek war ein ehrfurchtgebietendes großes Gebäude mit einer riesigen Flügeltür aus Eichenholz. Mit gehemmtem Schritt trat der Teufel ein und gelangte über eine Treppe in die Stille des großen Lesesaals. Der Teufel hatte in seinem Erdendasein zwar schon mit Büchern zu tun gehabt, sowohl mit frommen als auch gotteslästerlichen. Doch diese Unmengen von Bänden, von Lexika, Bibliographien und

Handbüchern zu allen nur denkbaren Themen erschlugen ihn geradezu. Und so fragte er den Bibliothekar mit zitternder Stimme, wie er sich denn in diesen tausenden und abertausenden Büchern zurechtfinde. Und der erwiderte mit feierlicher Miene: „Indem ich keines lese." Der Teufel trat an ein Regal heran und entdeckte dort eine zehnbändige Geschichte des deutschen Aberglaubens. Da musste ja auch einiges über ihn selbst enthalten sein. Bei aller Neugier traute er sich jedoch nicht, die Bücher aus dem Regal zu nehmen und darin zu lesen. Und so stand er denn ehrfürchtig da und ihm schwindelte es angesichts der riesigen Regalwände, bis ein Bibliotheksbediensteter auf ihn zutrat. Ob er ihm weiterhelfen könne? Ja, er suche Bücher über die Geschichte des Teufels. Dann müsse er sich in den Handschriftenlesesaal eine Treppe höher bemühen. Dort war alles heilig. Uralte Handschriften, die den Geruch vergangener Klöster verströmten, Stehpulte, Schränke mit Glasscheiben, in denen die kostbarsten Bücher aufbewahrt wurden. Der Bibliothekar verschwand für eine Weile, um dann mit einem riesigen Folianten zurückzukehren, den er behutsam auf einem der Tische niederließ.

Der Teufel setzte sich und schlug den monströsen Wälzer auf und las darin folgenden Text: „Theatrum diabolorum, das ist die wahrhafte eigentliche und kurze Beschreibung allerlei greulicher, schrecklicher und abscheulicher Laster, so in diesen schweren und bösen Zeiten an allen Orten und Enden fast bräuchlich im Schwang gehen und dass wir dabei mit dem allermächtigsten Fürsten der Welt, dem Teufel, zu streiten und zu kämpfen haben." Kurz war diese Beschreibung nun beileibe nicht. Das großformatige

Konvolut umfasst sage und schreibe 1200 Seiten. Der Teufel blätterte weiter und kam zur Kapitelübersicht. Und dort waren sie denn aufgelistet: Die Teufel aller Arten. Der Neidteufel, der Faulteufel, der Melancholieteufel, der Hoffartstteufel, Fluchteufel, Sorgenteufel, Hosenteufel, Tanzteufel usw.

Der Teufel starrte konsterniert auf diesen dicken Wälzer. Waren diese Teufel etwa Verwandte von ihm? Oder waren es nur Erfindungen der Menschen? Der Teufel erhob sich mit zitternden Beinen von seinem Stuhl und bat den Wachhabenden der Handschriftenabteilung um Auskunft. Und der erklärte ihm folgendes: „Das ‚Theatrum Diabolorum" stammt von 1575 und die einzelnen Teufelsbücher waren von evangelischen Pfarrern mit vielen Zitaten und sonstigen Zutaten von Martin Luther verfasst worden. Mit diesen oftmals etwas moralinsauren Traktaten sollten den Menschen ihre Sünden vorgehalten und sie gebessert werden.

Ein geschäftstüchtiger Frankfurter Buchhändler mit Namen Sigmund Feyerabend hatte die verschiedenen Teufelsvarianten unter dem etwas reißerischen Titel "Theatrum Diabolorum" zusammengefasst und ausgesprochen gewinnbringend vertrieben. In den katholischen Gegenden Deutschlands waren diese Teufelsbücher wohl nicht zuletzt wegen der häufigen Lutherzitate nicht so gerne gesehen und teilweise standen sie auch auf dem katholischen Index.

Der Teufel hatte einstweilen genug von Teufelsgeschichten, verließ die Bibliothek, klopfte sich den Bücherstaub von seiner Jacke ab und wanderte durch die Altstadt hinaus in die umliegenden Weinberge und machte sich dort genüsslich über die Trauben her.

Als er in die Stadt zurückkehrte, kam ihm auf der Straße ein Rudel grotesker Gestalten entgegen, die ein mordsmäßiges Geschrei und Getöse von sich gaben. Im ersten Moment sah es so aus, als seien es Teufelsgestalten, die gerade einen wilden Ausflug aus der Hölle auf die Erde veranstalteten, um den Menschen gehörig einzuheizen. Vorweg marschierte einer in einem kompletten roten Teufelskostüm mit allem drum und dran. Doch dies ließ unseren Teufel kalt, da er ja nicht an den Teufel glaubte. Später erfuhr er, dass es sich hier um einen alljährlichen Mummenschanz handelt, mit dem verkleidete Kinder und Jugendliche die Erwachsenen erschrecken und ihnen Almosen abbetteln wollen.

Nach diesem bizarren Possenspiel kehrte der Teufel wieder in die Bibliothek zurück. Erneut ließ er sich das "Theatrum diabolorum" vorlegen und begann in das Meer der Menschenteufel einzutauchen. Er nahm auf einem dieser ausgesprochen bequemen Bibliotheksstühlen Platz und widmete sich als Erstes dem Hoffartsteufel.

Der Hoffartsteufel ist
der Schlimmste von allen.

Was genau ist die Hoffart? Sie ist Anmaßung, Überheblichkeit, Hybris, Blasiertheit, Arroganz. Es ist einer so aufgeblasen wie ein Truthahn. Es sitzt einer auf einem hohem Ross und trägt dabei auch noch die Nase hoch. Hochnäsig geht er durch die Welt.

Der Teufel erinnerte sich, wie er einmal die Hauptstraße hinaufgeschlendert war und wie da ein junger Offizier breitbeinig und inmitten des Gehwegs herunterstolzierte, ohne die ihm entgegenkommenden Menschen überhaupt eines Blickes zu würdigen. Und devot und eilfertig machten ihm die Passanten Platz und traten beiseite. Dieser selbstgefällige junge Militär hatte zwar noch keine Schlacht gewonnen, prahlte aber mit seiner schicken Uniform, als sei er ein Enkel Napoleons. Der Teufel ärgerte sich über sich selbst, dass er vor diesem hochnäsigen Schnösel beiseite getreten war. Und er schwor sich, dass er bei der nächsten Begegnung diesem blasierten Flegel keinen Zentimeter ausweichen werde.

Der Teufel hatte sich nach seinem kurzen Gedankenflug hin zu dieser etwas peinlichen Episode wieder der Lektüre über den Hoffartsteufel zugewandt und sich in dessen Geschichte vertieft. Im Christentum gilt die Hoffart oder Hybris als schwerste aller Sünden, weil sie es an der nötigen Demut gegenüber Gott vermissen lässt. 1000 Jahre später ist aus dieser einst monastischen Sünde eine weltliche Angelegenheit geworden. In dem im 16. Jahrhundert erschienenen "Theatrum Diabolorum", das hier auf dem Bibliothekstisch vor dem Teufel liegt, werden ihr ganze 100 großformatige Seiten gewidmet.

Die Hoffart, das ist der gut gedüngte Acker, auf dem alle anderen Sünden wachsen. Oder anders gesagt: Sie ist die Grundsuppe in der Mahlzeit des sündigen Menschen. Warum ist die Hoffart so schlimm? Sie kommt daher als Hochmut und Prahlerei des selbstgefälligen Menschen. Die Hoffart, das ist oftmals die Sünde jenes extrovertierten größenwahnsinnigen Erfolgsmenschen, der sich bei all dem, was er erreicht hat, eitel und selbstgefällig auf die eigene Schulter klopft. Die moderne Verkörperung dieses narzisstischen Typs ist bekanntlich der frühere amerikanische

Präsident Trump, der sich unaufhörlich selbst gefeiert hat, ohne allerdings je etwas Substantielles zuwege gebracht zu haben. Doch den konnte unser Teufel noch nicht kennen.

Aber auch wenn einer Erfolg hat oder reich ist, so ist dies, so steht es geschrieben, nicht sein Verdienst, sondern er hat es ausschließlich Gott zu ver-danken. Und deshalb soll er sich in Demut üben. Eine Disziplin, die bei dem Hochmütigen überhaupt nicht ausgeprägt ist. Hoffart bedeutet aber auch, dass man hadert und nicht zufrieden ist mit dem, was man hat. Und das führt dazu, dass der Hoffartsteufel einen ganz Rattenschwanz von Sünden hinter sich herschleppt. Und er hält im Unterschied zu anderen Sünden nicht hinterm Berge, sondern protzt mit ihnen. Der Hoffartsteufel scheut das Licht nicht, sondern er sucht es geradezu. "Seine Werke und Früchte aber sind Verachtung, Eigennutz, Wucher, Geiz, Hader, Zank, Zwietracht und Uneinigkeit, Krieg und Mord, Verachtung, Hohn, Schmach, fluchen, lästern, fressen, saufen, schlemmen, prassen, spielen, toppeln, kleiden, schwülstige Worte und Gebärden, allerlei Fürwitz, Leichtfertigkeit, Mutwillen, Vergessung und Unterdrückung der Armen, Hurerei, Faulheit, Müßiggang, List, böse falsche Tücke und Praktiken, Untreue, Verräterei und was des Teufels Kot und Unflat mehr ist." Puh!

Für die Hoffärtigen hat der Volksmund ein witziges Sprichwort erfunden: "Die Hoffart wird darum erhöht, damit einer desto tiefer fallen soll." Der Teufel hielt in seiner Lektüre inne, schnäuzte sich und las dann: "Demut macht den Menschen den Engeln gleich. Aber Hoffart und Hochmut macht aus Engeln Teufel. Der Hoffartsteufel ist ein stolzer und höhnischer Gast, der besonders gerne andere verspottet, auf sie herabblickt und sie verachtet." Der von der Hoffart hochgetakelte Zeitgenosse sei allein schon an seinen Kopfbewegungen zu erkennen: "Sich aufblasen, hartnäckig sein (harter Nacken) das Maul aufwerfen, den Kopf aufrichten, in die Höhe sehen, danach sich hin und her drehen, alles begucken und begaffen wollen und sich räuspern, sich schnauben und prausen, die Nase rümpfen, höhnisch und spöttisch sein, den Hals respektlos aufrichten, unverschämt lachen und kichern, oder gar sich geben, als ginge man in tiefen Gedanken." All dies, so heißt es, sind die offensichtlichen Markenzeichen eines hoffärtigen und stolzen Menschen.

Der Teufel hielt inne und horchte in sich hinein. War er nicht auch der Hoffart verfallen, als er sich gegen Gottes Menschheitsprojekt auflehnte? Der Teufel ließ in Gedanken die ganze Auseinandersetzung, die mit seinem Sturz aus dem Himmel endete, noch einmal Revue passieren und kam zu einem einfachen Schluss: Ob einer als hoffärtig gescholten wird, hängt von der jeweiligen Perspektive ab.

Aber auch bei der Demut kann der Teufel hineinpfuschen, indem er dem Demütigen eingibt, dass er mit seinen frommen Taten in einen Demutswettbewerb eintreten könne und mit seinen Demutskünsten allen anderen überlegen sei. Und so kommt denn die Hoffart über diesen Umweg hintenherum wieder zur Tür herein. Immer schön nach dem Wort eines berühmten Philosophen: "Wer sich selbst erniedrigt, <u>will</u> erhöht werden." Dies sind jene frommen Singvögel, die im Gottesdienst immer in der ersten Reihe sitzen und am lautesten beten. Und wenn es erlaubt wäre, würden sie am liebsten dem Pfarrer die Hände küssen.

50

Für die Hoffart und seine Eigenarten hat der fromme Autor dieser Teufelsgeschichte ein kurioses Bild gefunden: "Es gibt vier Pferde, die den Wagen der Hoffart und der Überheblichkeit ziehen: Das erste ist die Liebe und Lust zu herrschen, das zweite ist die Liebe des eigenen Lobs und Ruhms, das dritte Pferd ist die Verachtung anderer, das vierte ist der Ungehorsam. Was ist das nur für ein Fuhrwerk? Der Fuhrmann, das ist der Geist der Hoffart, der leidige Teufel selbst. Und die auf dem Wagen sitzen, das sind die Liebhaber des weltlichen Lebens. Und was ist das denn für ein Fuhrwerk? Die Pferde sind ungezäumt und ungehalten. Der Fuhrmann sitzt verkehrt und unsinnig und die auf dem Wagen sitzen, sind todkrank." Möglicherweise hat ja der Maler Hieronymus Bosch mit seinen surrealen und grotesken Gemälden für diese bizarre Geschichte Pate gestanden.

Ein besonderer Ausbund an Größenwahn und Hybris war Pius IX, der die Unfehlbarkeit des Papstes für sich in Anspruch genommen hatte. Um diesen Papst, der allerdings erst im 19. Jahrhundert sein Unwesen trieb, ranken sich allerhand wahre und erfundene Geschichten. Als er nach seinem Tod in den Himmel kam, so wird berichtet, beharrte er auch dort auf seinem Unfehlbarkeitsanspruch und er wollte sich so über Gott stellen. Gott sah sich diesen päpstlichen Größenwahn eine Weile amüsiert an und brummte dann vor sich hin: "Solche kennen wir schon." Dann befahl er seinem Generalsekretär, dem Erzengel Michael, den lästigen Papst mit einem Fußtritt aus dem Himmel zu befördern.

Der Fluchteufel wirft Gott seinen Dolch in den Leib.

Unser Teufel wendet sich wieder dem Teufelswälzer auf dem Bibliothekstisch zu und blättert in dem Konvolut und gerät in Wut. Da hat doch tatsächlich einer eine Seite aus dem Teufelsbuch herausgerissen. "Verfluchte Sauerei!" Der Teufel ist außer sich. Und als er sich ein wenig beruhigt hatte, setzt er seine Lektüre fort.

Die Gotteslästerung und das Fluchen, so wird gesagt, sind im Kanon der Kirche die ärgsten Sünden gegen Gott und sie sind beide mit der Hoffart eng verwandt. Denn solche Lästerung breitet sich allerorten aus und sogar beim Gesinde und auch den Kindern seien sie so verbreitet und alltäglich, als sei fluchen wichtiger als beten. Und die Obrigkeit sieht tatenlos zu und lässt den Fluchteufel gewähren! Und dies bei solch schlimmen Auswüchsen einer Gotteslästerung, "die jedem frommen Christen das Herz erkalten lässt und dass sich jeder darüber wundert, dass sich die Erde nicht auftut und solche gotteslästerlichen Buben mit Leib und Seele verschlingt und Gott diese räudigen Schafe und Lästerböcke straft." Der fromme Autor des Fluchteufels ist außer sich und legt sich immer wieder mit mit der Obrigkeit an. Denn diese verhalte sich ausgesprochen unchristlich. Wer gegen eine Sünde nicht einschreitet, der versündige sich selbst. Und der Weg in die Hölle sei damit bereits unausweichlich. Aber weshalb schreiten sie denn gegen die fluchenden Lästermäule nicht ein? Im Gegenteil! "Es ist so weit gekommen, dass der Teufel der Obrigkeit die Ohren und Augen zugeschlossen hat. Aber Gott wird gegen diese Gotteslästerung vorgehen und das ganze Volk furchtbar strafen. Denn wer flucht und Gott lästert, ist ein Werkzeug des Teufels." Und man solle solche Gotteslästerer meiden und vor ihnen fliehen, um nicht in den Strudel der Sünde gezogen zu werden. Aber Gott, so fährt der fromme Autor fort, lässt diese Sünde schon heute nicht ungestraft, sondern sendet uns schreckliche Zeichen, indem er verheerende Donnerschläge und Blitze auf die Erde niederfahren lässt. Und diese in letzter Zeit häufiger auftretenden Unwetter sendet er uns als Warnung für unser gotteslästerliches Leben. Und es sei eine einzige tiefe Kränkung gegenüber allen frommen und gottesfürchtigen Menschen, dass das Fluchen und die Gotteslästerung von niemandem mehr als Sünde angesehen wird. Und so ist die Welt in "schrecklicher Sünde ersoffen und versunken."

Die Kritik an den Herrschenden zieht sich wie ein roter Faden durch das gesamte Traktat. Und dass die Obrigkeit einen Dieb wegen fünf Gulden an den Galgen hängt, aber bei der Gotteslästerung tatenlos zusieht, sei ein schwerer Skandal.

Wohin der Fluchteufel die Menschen führen kann, zeigt die folgende seltsame Geschichte, die sich in der Stadt Willisau in der Schweiz, drei Meilen entfernt von Luzern, zugetragen haben soll. Es saßen einst drei Freunde am Samstagabend im Wirtshaus und tranken gemütlich ihren Wein. Und je mehr sie tranken, desto maulheldiger wurden sie. Und so kamen sie mit ihrem betrunkenen Kopf immer mehr ins Schwadronieren. Und jeder prahlte, sodass es den umsitzenden Gästen gewaltig auf die Nerven ging. Und als die drei schließlich völlig betrunken waren und schon fast unter dem Tisch lagen, verabredeten sie sich für den nächsten Morgen zum Scheiben spielen. Dies ist offensichtlich eine Sportart, die dem heutigen Boule ähnelt. Jeder Mitspieler hat mehrere Wurfscheiben, die er möglichst nahe an eine kleine Zielscheibe werfen muss.

Und am kommenden Sonntagmorgen fanden sie sich auf dem Platz am Obertor ein. Einer von ihnen mit Namen Ullrich Schröter hatte beim letzten Scheibenspiel eine Woche zuvor enorm viel Geld verloren. Als er heim kam, machte ihm seine Frau die Hölle heiß, weil er wieder einmal das ganze Geld in den Rachen des Spielteufels hineingeworfen habe. Wovon sie denn leben sollten, fauchte sie. Das gehe so nicht weiter, wenn er auch dieses mal kein Geld gewinne, solle er sich zum Teufel scheren. Nein noch besser! Er solle in den Garten gehen und für seine Kinder, seine Frau und sich selbst Gräber ausheben. Sie würden ja eh in kürzester Zeit durch Hunger zu Tode kommen.

Sonntag morgen machte sich Schröter auf zu seinen Kameraden und hatte noch hellauf die Moralpredigt seiner Frau im Ohr. Schröter war ein aufbrausender Mensch, der schon als Kind beim Spielen nicht verlieren konnte und sich vor Wut heulend und plärrend auf den Boden warf. Beim heutigen sonntäglichen Scheibenspielen werde er es aber allen zeigen und er werde auf jeden Fall gewinnen. Davon war er fest überzeugt. Wenn er aber dennoch verlieren sollte, so tat er einen verwegenen und gotteslästerlichen Schwur: Er wolle dann seinen Dolch Gott im Himmel in den Leib werfen.

Und tatsächlich hat er zu seinem Ärger das folgende Spiel wieder verloren und sein gesamtes Geld durchgebracht. Und wütend steht er auf, nimmt seinen

Dolch bei der Spitze und wirft ihn in die Höhe. Der Dolch ist aber im Himmel verschwunden. Ob er Gottes Leib damit getroffen hatte, das weiß man nicht. Es sind aber zum Schrecken aller Umstehenden fünf Blutstropfen hinunter auf die Scheiben gefallen. Und ehe man es sich versehen konnte, kam der Leibhaftige mit großem Ungestüm durch die Lüfte geflogen und hat den Schröter in die Hölle geschleppt. So wird es jedenfalls berichtet. Die zwei anderen aber haben die Scheiben genommen und sie zum Brunnen getragen, um das Blut abzuwaschen. Aber je mehr sie gewaschen haben, desto mehr Blut ist erschienen und immer röter geworden.

Als sich diese schaurige Geschichte im Dorf herumsprach, stürzten alle von Entsetzen gepackt zu dem Brunnen. Der eine der Spieler hatte einen schweren Schwächeanfall erlitten und war zu Boden gestürzt. Und kaum lag er da so krank und hilflos, sind ihm am ganzen Körper große Läuse gewachsen, die ihm solch große Löcher in den Leib gebissen haben, dass er davon jämmerlich und schmerzhaft gestorben ist. Der Dritte aber wurde festgenommen, in den Kerker gebracht, wegen Gotteslästerung verurteilt und schließlich von der Obrigkeit mit dem Schwert hingerichtet.

Aber wie auch immer es sich zugetragen haben mag, die Geschichte ging in die Annalen der Gemeinde Willisau ein. Um an das Verbrechen zu erinnern, hat man dort später der Kapelle am Obertor den Namen "Heiligblut-Kapelle" gegeben. Und jedem der hier vorbeikommt, soll das Fluchen im Halse stecken bleiben.

Der Faulteufel stürzt sich selbst ins Chaos.

Unser Teufel steht vom Bibliothekstisch auf und tritt ans Fenster und da wird er Zeuge einer empörenden Szene. Es sitzt da unten auf der Straße eine alte Bettlerin mit Kopftuch und Kittelschürze und vor ihr ein kleiner Teller für die Almosen. Und vor ihr stehen zwei Wachmänner, die gerade im Begriff sind, die arme Frau wegen ihrer Bettelei und vermeintlichen Faulheit festzunehmen und aus der Stadt zu vertreiben.

Wenn einer nicht arbeiten will, sondern faul in der Ecke hockt, so steht er mit dem Teufel im Bunde. So sieht es jedenfalls der evangelische Pastor Joachim Westphal, der Autor dieses Faulteufelstraktats, das unserem Teufel vorliegt, und das er in der Stille der Bibliothek eifrig und fleißig studiert. Demnach ist der Teufel derjenige, der den Menschen das Leben zur Hölle macht. Gelingt es ihm nicht, die Menschen in sein Reich zu schleppen, so sollen sie sich zumindest auf der Erde quälen und abzappeln. Er ist es, der für alle Übel der Welt verantwortlich gemacht wird. Der Teufel hindere die Menschen „gerne und fleißig" an ihrem Beruf und mit List und Gewalt versuche er sie zum Gegenteil dessen zu verleiten, was ihre Aufgabe ist. Des Teufels einziges Ziel sei es, dass die Menschen „sich in Sünden üben und bemühen sollen." In dieser Hinsicht sind die Menschen jedenfalls nicht faul. Im Gegenteil, sie sind jenseits aller Arbeit dem "Sünden-fleiß" ergeben. Und dies kann ja auch recht arbeitsam sein. Nur eben in die falsche Richtung. Und unser Teufel, der in der Bibliothek sitzt und mit Fleiß und

Eifer die verschiedenen menschlichen Teufeleien studiert, ist schon mal gar nicht faul.

So, nach solchen Überlegungen vertieft sich unser Teufel wieder in das Faulheitstraktat des Pastors Westphal. Und der lässt am Teufel kein gutes Haar. Es gibt Eltern, so klagt er, die sich selber mit saurer Arbeit ernähren und es jetzt hinnehmen müssen, „dass ihre Kinder in Teufels Namen müßiggehen und ihren sauren Schweiß verzehren. Oh ein Knüttel her und hinter ihre Ohren geschlagen!"

Die Arbeit, so ist weiter zu lesen, wird den Menschen auferlegt, nicht um damit Güter zu erwerben, sondern um dem göttlichen Willen Gehorsam zu leisten. Denn da ja Gott die Erde verflucht hat, könnten wir es mit noch so viel Arbeit nicht erreichen, dass die Erde Früchte trägt. Arbeit ist hier dem Menschen nur deshalb auferlegt, „damit sein sündiger Körper gezähmt wird." Für den evangelischen Pastor Westphal gehört es zur menschlichen Bestimmung, dass er immer und fortwährend etwas zu tun haben müsse. So wie es in der gesamten Natur der Fall sei; auch dort sei ja alles in fortwährender Bewegung. Und so könne auch der Mensch nicht ruhen und aufhören, etwas zu denken oder zu wirken. Wenn er nun aber das Gute, das Gott ihm aufgetragen hat, verabsäume, so träte in dieses Vakuum sofort und unverweilt etwas anderes, nämlich der Teufel mit dem Bösen.

Unser Teufel hält in seiner Lektüre inne, kratzt sich am Kopf und liest dann weiter. Wir sollen unserem Beruf und unserer Arbeit nachgehen, damit nicht der Müßiggang und „die stinkende, schändliche Faulheit" durch die Hintertür hereinkommen und der Teufel seinen unangenehmen Schwefelgeruch hinterlässt. Mit Vehemenz schwingt Westphal die moralische

Keule gegen alle Arten von Faulpelzen und Nichtstuern. „Sie liegen und faulenzen, schlafen, treiben unnützes Geschwätz und verzehren, was andere erworben haben; oder sie liegen in gräulichen Sünden und Lastern: fressen und saufen, geben sich der Hurerei hin; die Welt ist voll von solchen faulen Tropfen, welche die Erde beschweren."

Der Müßiggänger sei demnach ja gar kein wirklich Lebender, sondern er gleiche einem Toten schon zu Lebzeiten. Der Müßiggang sei im Grunde nichts anderes als die „Vergrabung und Verscharrung" eines lebendigen Menschen. Gerade in jetziger Zeit (16. Jahrhundert) gehe ja alles drunter und drüber. Die ganze Stadt sei voll von „faulen Lotterbuben und Biergurgeln, die nichts tun, als spazieren und Klinken schlagen. Solche finde man unter den Armen wie den Reichen gleichermaßen." Der Müßiggänger, so Westphals Kritik, ist außerstande, sich auf eine Sache zu konzentrieren. Wie eine Hummel schweift er hierhin und bald dorthin. In späteren Zeiten bezeichnet man ein solches Verhalten als geschäftigen Müßiggang und heute als Multitasking. „Ein fauler Müßiggänger weiß nicht, was er sich vornehmen will, vagiert und schwärmt mit den Gedanken umher, ist jetzt im Krieg und jetzt daheim, bald gefällt ihm dies nicht und dann das nicht, er ist also bald weder daheim noch im Krieg. Jetzt geht er hierher, bald dorthin und wenn er dorthin gekommen ist, so will er aber da nicht bleiben, sondern sich was anderes vornehmen; er weiß also nicht, warum er lebt und auf der Welt ist" Der Faulteufel hat ihn ergriffen und ins Chaos gestürzt.

Auch die Domestiken murrten und ließen sich nicht mehr alles bieten. Zumal auf dem Land, so Westphals Kritik, wolle keiner mehr arbeiten und es sei dahin gekommen, dass es an Dreschern, Ackerknechten, Mägden und Tagelöhnern mangele. Und selbst die Bettler seien sich zu fein, solche Arbeit anzunehmen. Jeder Nichtsnutz wolle heutzutage Herr sein, ohne dass er überhaupt etwas gelernt habe. Statt seine Arbeit gewissenhaft zu verrichten, ist der Knecht ins Wirtshaus gegangen, betrinkt sich und hält dort große Reden. Was seine Herrschaft so treibe, das könne er allemal, ja sogar noch besser, mit links. Wenn man ihn nur ließe, so wolle er allen zeigen, was in ihm steckt. Und ähnlich altklug und naseweis schwadroniert die Magd. Zwar weiß sie nicht einmal, wie man Eier kocht, aber zur Herrin würde sie sich vortrefflich eignen.

Ob sich Westphals Leser seine Kritik und Mahnungen zu Herzen genommen haben, das wissen wir natürlich nicht. Seine Schrift dokumentiert allerdings den damaligen Zeitgeist, der teuflische Geschütze auffuhr, um den Menschen die Faulheit und den Schlendrian auszutreiben.

Unser Teufel in der Bibliothek ist über solche Faulheitstirade ausgesprochen verärgert. "Warum können die Menschen denn mich nicht aus dem Spiel lassen. Sollen sie doch ganz ohne Teufel nach Herzenslust faul sein. Dafür benötigen sie mich, den Teufel, doch überhaupt nicht."

Der Melancholieteufel stößt uns in das Bad der Schwermut.

Es sitzt da einer von Depressionen gebeutelt und gekrümmt auf seinem Sessel und liest versunken in einem Buch. Die Bibel ist es nicht. Möglicherweise ist es aber die „Anleitung zum Unglücklichsein" von Paul

59

Watzlawick. Aber das kann ja nicht sein. Denn dieses witzige lebenskundliche Buch ist ja erst in unserer Zeit erschienen und wir befinden uns jetzt im 16. Jahrhundert. Aber zeitlich nicht weit entfernt ist das berühmte Werk des Engländers Robert Burton über "Die Anatomie der Melancholie" (1621) angesiedelt und dort ist zu lesen: "So kann man unter Melancholie vieles verstehen und sie begreifen als Schwermut, als Anlage oder Gewohnheit, als Auslöser von Schmerz- oder Lustempfindungen, als Schwachsinn, Missmut, Furcht, Kummer, Verrücktheit."

Der Melancholieteufel ist der Stiefbruder des Sorgenteufels. Beide sind dabei, sich das Leben und letztlich die ganze Welt zu verdüstern und sich die Hölle schon auf Erden einzurichten. Der melancholische Teufel ist mehr nach innen gewandt und sehr wirkungsvoll dabei, seine Seele zu lähmen, indem er sie mit einem bleiernen Wall ummantelt. Und so kann keine Regung nach außen dringen. Der Melancholiker gleicht so einer fensterlosen Monade. Oder anders gesagt: Er hat sich seelisch nach innen zurückverlarvt. Zu Alltagsbeschäftigungen ist der vom Melancholieteufel Ergriffene kaum noch in der Lage. Er sitzt regungslos auf seinem Sessel, jede Bewegung ist ihm eine Last und er produziert dabei unentwegt eine graue Wolke der Weltermüdung. Der Melancholieteufel stößt uns in sein höllisches Bad der Schwermütigkeit.

Bei den Einsiedlern in der ägyptischen Wüste in der Frühzeit des Christentums waren Schwermut und Depression Folge der Angriffe der Dämonen. Wenn Menschen vom Melancholieteufel ergriffen sind, "spazieren sie ohne das Geleit Gottes in das große weite Lerchenfeld des Teufels." Der Melancholieteufel erfasst beide Sphären des Menschen, Seele und Körper, gleichermaßen. "Denn derweil der Leib mit der Seele verbunden ist wie eine Herberge mit ihrem Wirt und wie ein Knecht mit seinem Herrn, so geht es auch dem Körper, wenn die Seele der Melancholie verfällt." Der Teufel liest weiter und jetzt kommt ein schweres Geschütz: "Wenn nun die Seele vom melancholischen Zweifel mit heftigen Sorgen und Schmerzen gemartert und gesotten wird, so verdorrt und verwelkt auch der Leib, wie eine Blume von brennender Hitze und Sonne. Das Gehirn wird im Kopf verrückt, das Herz wird matt, der Magen wird schwach; alle Lust und Freude zu essen, zu trinken und zu schlafen vergeht, und es wird dadurch die allergeschwindeste Krankheit erregt, als da sind der Schlaganfall oder die Dörre." Und dass die melancholische Sorge nichts anderes bringt als viele graue Köpfe schon in jungen Jahren. Die Melancholie ist das Einfallstor für viele andere Krankheiten."Sie vertreibt den heiligen Geist und lädt zu Gast den bösen Geist, den Teufel; der macht dann aus unserer Seele und unserem Leib ein Rumorhaus oder ein ungestümes Meer, das fortwährend auf und nieder geht, braust und schäumt mit Sorgen, Grillen und Hummeln und Tauben durcheinander, da immer ein Gedanke den anderen treibt und eine Unruhe die andere jagt und schlägt." Beim von Melancholie und Depression gebeutelten Menschen kreisen die Gedanken schließlich immer mehr darum, seinen Zustand zu beenden und sich das Leben zu nehmen. "Die melancholische Traurigkeit" so heißt es weiter, wirke wie ein tödliches Gift oder ein mörderisches Schwert, womit wir uns selbst das Leben abschneiden und das Herz im Leibe abfressen.

Für den depressiven Melancholiker gibt es kein Licht

am Ende des Tunnels. Und auch das Zeitgefühl ist ihm abhanden gekommen. Die Depression hat keinen Anfang. Sie war immer schon da und sie hat auch kein Ende. So wie laut der katholischen Lehre die Höllenqualen ewig währen, so ist es auch mit der Depression. Und sie führt dazu, dass wir unser kurzes Leben zu einer Hölle machen und so von einer Hölle in die andere torkeln. Es kommt aber noch ärger. "Die Depression bewirkt den Tod. Sie ist des melancholischen Teufels Schlachthaus, darinnen er die Menschen mordet." Wer von der Depression ergriffen ist, stürzt in das "grundlose Meer des Teufels, darinnen wir so lange schwimmen und zappeln, bis wir endlich ersaufen."

Das ist ja alles ganz schauderhaft und geradezu mörderisch! Und für all dies soll ich, der Teufel, die Ursache sein? Mit Sicherheit werden mich in späteren Jahrhunderten Psychologen und Psychiater von solch hanebüchenen und albernen Unterstellungen und Vorwürfen freisprechen und die wahren seelischen und psychischen Gründe der Melancholie aufdecken.

Der Sorgenteufel grämt sich zu Tode.

Verglichen mit dem Melancholieteufel ist der Sorgenteufel mehr diesseitsbezogen. Immerzu hat er irgendetwas zu tun und zu besorgen. Wie Wilhelm Busch schon schrieb "ist oftmals die Sorge nicht ganz unbegründet, wie man seine Nahrung findet". Der Sorgenteufel ist wie ein Eichhörnchen oder ein Goldhamster alleweil damit beschäftigt, Vorräte zu beschaffen, zu horten und allerhand Obliegenheiten nachzugehen. Die Sorge ist, wie ein berühmter Philosoph aus dem Schwarzwald einmal geschrieben hat, eine der Grundbefindlichkeiten des Menschen. Beim Sorgenteufel geht es zunächst weniger um die Seele als vielmehr um den Bauch. Erst kommt das Fressen und dann die Moral. Gegen dieses Bauchsorgeprinzip wurde im Christentum schon von Anfang an Front gemacht. „Sorgt euch nicht um euer Leben und darum, dass ihr etwas zu essen habt, noch um euren Leib und darum, dass ihr etwas anzuziehen habt. Ist nicht das Leben wichtiger als die Nahrung und der Leib wichtiger als die Kleidung? Seht euch die Vögel des Himmels an: Sie säen nicht, sie ernten nicht und sammeln keine Vorräte in Scheunen; euer himmlischer Vater ernährt sie. Seid ihr nicht viel mehr wert als sie? Wer von euch kann mit all seiner Sorge sein Leben auch nur um eine kleine Zeitspanne verlängern? Und was sorgt ihr euch um eure Kleidung? Lernt von den Lilien, die auf dem Feld wachsen: sie arbeiten nicht und spinnen nicht." So ist es in der Bibel zu lesen.

Wenn aber einer nicht fleißig arbeitet, so ist es auch wieder nicht recht und er wird von der christlichen Moral schnell als Faulpelz angeprangert. Man befindet sich mitten in einem vertrackten Drahtseilakt und der Absturz ist unausweichlich. Doch was ist da zu tun? Lässt sich der Sorgenteufel zähmen? Möglicherweise doch nur am arbeitsfreien Sonntag. Ansonsten regiert in der Woche unangefochten der Arbeitsfleiß, der sich immer mehr als dominantes Lebensprinzip der Menschen ausgebreitet hat. Und insofern hat der Sorgenteufel leichtes Spiel und der geschäftstüchtige Homo oeconomicus erscheint hier bereits am Horizont. "So härmen, grämen und bekümmern sich als

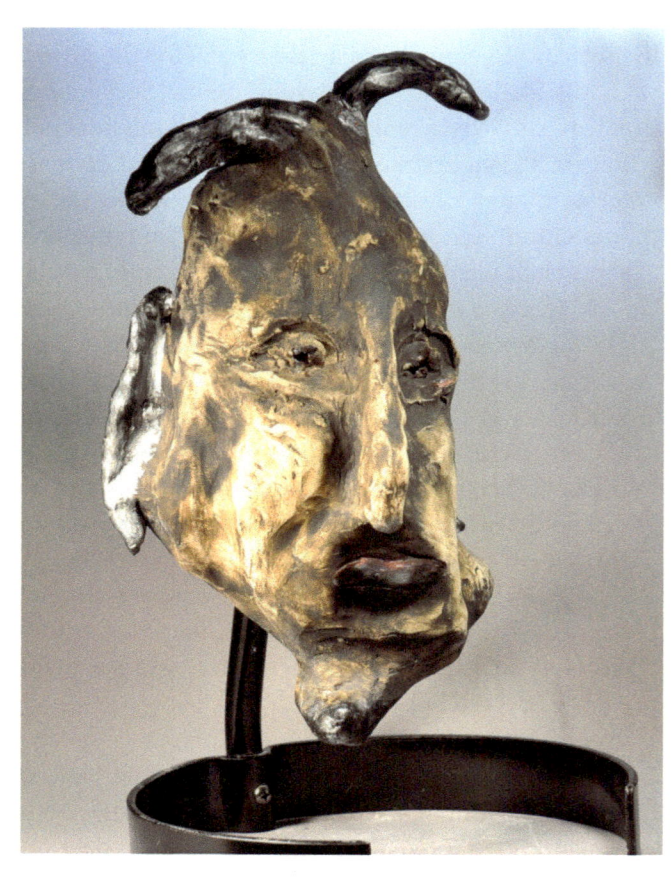

Ein grämlicher Sorgenteufel

dann solche sorgfältigen und wehmütigen Leute, dass sie darüber schwach und krank werden, dass ihnen weder essen noch trinken schmeckt; und sie mögen des nachts nicht schlafen, werfen sich im Bett hin und her und verdüstern sich mit ihrer Sorge das Leben, bis sie sich selbst das Herz abfressen." Der Teufel hält in seiner Lektüre inne und denkt sorgenvoll über seine eigene Zukunft nach. Wie soll es mit ihm bloß weitergehen? Soll er zu seinen früheren Kameraden in die Wüste wandern? Oder soll er sich als Teufelsdarsteller in einem Volkstheater bewerben? Aber dafür fehlt ihm ja das richtige Kostüm. Nicht einmal ordentliche Hörner hat er auf dem Kopf! Einstweilen vertieft er sich wieder in die Sorgenteufelgeschichte. Aber auch wenn es für die Bauchsorge keinen realen Grund mehr gibt, weil für Nahrung hinlänglich gesorgt ist, kommen die Menschen dennoch nicht zur Ruhe und auch aus ihren Sorgen nicht heraus. "Denn eine volle Speisekammer genügt ihnen nicht mehr, sondern auch viel Geld und Wohlstand möchten sie unentwegt vermehren." Immerfort bekümmern sie sich um ihre Ersparnisse und sie haben ohne Unterlass die Sorge, sie möchten in ihrem Leben nicht genug Geld haben.

Und an dieser Stelle tritt nun in der Sorgenteufelgeschichte der mächtige Karriereteufel auf. "Sie bleiben auch nicht bei einem Stand, Amt, Handwerk oder Handel, sondern sehen auf alles was da ist, da etwas ist zu erlangen, da fallen sie darauf, kaufen, drängen, liegen, betrügen, heucheln und schmeicheln sich in gute Ämter ein und mischen sich in alle Händel; hindern andere, schneiden ihnen ihr Brot vom Maul ab und wollen lieber alles allein haben." Und wenn einer nun etwas zusammengescharrt hat, so ist er fortwährend von der Sorge getrieben, dass es durch irgendein Unglück verloren gehen könnte. Und deshalb schmiedet der Sorgenteufel ein Bündnis mit einem weiteren Teufelsgesellen: Dem Geizteufel. Die Gedanken dieser vom Geizteufel ergriffenen Menschen richten sich immerfort um die Sorge, wie sie viele Reichtümer und Mammon scheffeln können. Und so hält der Geizteufel solche Menschen an seinem höllischen Strick gefangen. Und je älter sie werden, desto sparsamer werden sie. Denn mit ihrem Gelde wollen sie ihre Schwäche und ihren physischen Zerfall ausgleichen. "Und manchmal werden sie so geizig, dass sie eher darüber verschmachten, als dass sie ihren Schatz angreifen und ihn ausgeben."

Ein Sorgenteufel besonderer Art ist hier auch der Zeitteufel. Geld und Wohlstand kann man ja bekanntlich (fast) beliebig vermehren, dagegen wird die Lebenszeit im Laufe der Jahre immer geringer. Auch moderne Anti-Aging-Projekte sind da kein Ausweg. Und auch das Hineingreifen in die Speichen der Zeit kann den Zeitteufel nicht aufhalten.

Eine vornehme Dame litt unter der Ach-Haftigkeit der Welt und insbesondere die vorwärtsdrängende Zeit und ihr zunehmendes Alter bereiteten ihr die allergrößten Sorgen. Und so wurde sie nächtens vom Sorgenteufel geweckt und von ihm aus ihrem Bett getrieben. Und sie lief dann panisch in ihrem Haus umher und hielt sämtliche Uhren an.

Ein anderer war noch rigoroser: Als um 12 Uhr mittags bei seiner Schwarzwälder Uhr der kleine Vogel aus dem Fensterchen wieder einmal störend hervorzwitscherte, nahm er kurzerhand sein Luftgewehr aus der Ecke und schoss das Vögelchen von der Uhr herunter.

Das sind ja alles recht wunderliche Geschichten, musste der Teufel auf seinem Bibliotheksstuhl denken. Und indem er so saß, fiel ihm der Satz eines berühmten Mathematikers und Philosophen ein, wonach "alles Elend der Menschen daher kommt, dass sie sich nicht ruhig in ihrem Zimmer aufzuhalten wissen."

Der Neidteufel endet als Mörder

Es steht da einer versteckt hinter der Gardine und blickt auf die Straße. Und da wird er zu seinem Ärger und Missbehagen dessen gewahr, wie sein reicher Nachbar von gegenüber gerade auf seinem herrlichen Schimmel hereingaloppiert, in seinem Hof das Pferd zügelt und absitzt. Und da kommt ihm auch schon seine junge hübsche Frau aus dem Haus entgegen und er schließt sie in seine Arme.

Neidgestachelt zieht sich unser Beobachter vom Fenster zurück, und setzt sich gelbgesichtig auf seinen Ohrensessel. Vielleicht sollte ich, so denkt er grimmig auf seinem Sessel sitzend, wenn es dunkel ist, mich auf seinen Hof schleichen und an der Kutsche dieses Glückspilzes die Schrauben lockern. Doch dazu kommt es nicht, weil er noch am Abend wegen seiner Gelbsucht und seiner Gallensteine ins Krankenhaus eingeliefert werden muss.

"Neid ist ein Unmut, eine Unlust oder Abgunst, der vor allem dadurch erwächst oder kommt, wenn ich eines anderen Glück, Güter oder Gaben mit scharfen Augen ansehe und darüber betrübt und unlustig werde." Der Neid zersetzt aber nicht nur die Seele des Menschen, sondern schadet ebenso seiner Gesundheit. Und so paradox es klingen mag: Der Neid, dessen Ziel ja ein anderer Mensch ist, wendet sich gegen uns selbst und richtet uns zugrunde. "Der Neid gleicht einer Herzkrankheit, die daher rührt und ihren Ursprung nimmt, wenn man sieht, dass es einem anderen wohlergeht, wenngleich dessen Glück und Wohlstand uns gar keinen Schaden bringt." Und dies ist entscheidend: Es ist der Neid ein Schmerz, der von anderer Leute Glück und daher kommt, dass das Herz neidischer Menschen immerfort von Schwermut und Traurigkeit erfüllt ist. "Neid ist eine Seuche, die am Herzen nagt und frisst, dass es verwelkt wie eine gebackene Birne." Der Neid ist den Menschen vom Teufel eingetrichtert worden. Fortwährend bläst er mit dem Blasebalg dieser Sünde die Missgunst in die Welt hinein. Der Neid sei, so heißt es, ein Laster, an dem allein der Teufel schuld trage. Es sei nicht eine menschliche, sondern eine teuflische Bosheit, wenn man über eines anderen Unglück frohlockt. "Und welch ein Jubel und wie überschlägt sich die missgünstige Seele vor Freude, wenn sie erfährt, dass irgendwo in der Welt eine ganze Stadt dem Feuer zum Opfer fiel." Und schließlich kann der Neid zum Verbrechen führen. In dem Ort Wasserburg, ist vor etlichen Jahren in einem kleinen Dorf ein Mord geschehen. Zwei Männer begaben sich dort auf den Heimweg und wie sie so des Weges gingen, erzählte der eine leutselig und gut gelaunt, dass seine Kuh gerade gekalbt habe, und der andere an seiner Seite versuchte seinen Neid in der Tiefe seines Herzens zu vergraben. Die beiden wanderten weiter und der Neider hatte die allergrößte Mühe seine Missgunst zu verbergen. Und als hätte die kalbende Kuh als Neidfutter nicht ausgereicht, erzählt der Glückspilz nun freudestrahlend, dass seine Frau ein Kind er-

68

warte. Der Neidhammel ist über solchen Glücksberichten ganz gelb und grün im Gesicht geworden und kann nur mit Mühe an sich halten. Schließlich greift er zu seinem Dolch und stößt ihn dem Glücklichen in den Rücken, der auf der Stelle tot zusammenbricht.

Und als man den Mörder später verhörte, gab der unumwunden zu, dass er den anderen, sein Opfer, schon seit Jahren wegen dessen glücklichen Lebens und seines Erfolgs abgrundtief beneidet und gehasst habe. Doch diese Erklärung hatte ihm nichts genutzt. Man machte ihm den Prozess und er wurde hingerichtet. Und der Neid ward ihm so endgültig ausgetrieben.

Worauf verfällt nicht alles der Neid. Er gönnt dem anderen nicht seinen Wohlstand und verbreitet das Gerücht, jener sei mit dem Teufel im Bunde, der ihm mit Zauberei zu einem Glück verholfen habe. Der Neid zersetzt und zerzaust den gesamten Körper des Menschen. Er macht die Hände schlaff und träge, die Beine stumpf und müde, die Augen dunkel und schläfrig, die Zunge still und stumm, die Ohren taub, die Herzen mürbe und krank. Der gelbe Neid kann sich zu teuflischem Hass steigern, wie die Geschichte von dem ermordeten Glückspilz zeigt. In dieser Geschichte vom Neidteufel kündigt sich bereits die Konkurrenzseuche des Kapitalismus an. Immerzu ist der Neidhammel von der Sorge gequält, dass einer auf der Karriereleiter eine nächste Sprosse eher nimmt als er selbst und dass von unten schon wieder andere bedrohlich nachrücken. Aus diesem Loch des Neides sind Hass, Lügen und Lästerung gekrochen. Und den Neid findet man schon bei kleinen Kindern. Sie haben ihn bereits mit der Muttermilch eingesogen. Und dass sie, bevor sie noch ihren ersten Brei gegessen haben,

Die roten Ohren
des Neidteufels

einen geradezu widerlichen Zorn, Neid und Missgunst an den Tag legen. Und dass es schon vorgekommen sein soll, dass ein Kind sein kleineres Geschwis-
ter aus Neid in der Wiege erdrosselt hat. Dass der
Neid als ein angeborenes Übel an des Menschen Herzen klebt und sein Feuer immerfort vom Teufel mit
seinem Blasbalg neu angefacht und am Brennen gehalten wird.

Hören wir, was der Pfarrer dieses Traktats über den
Neid weiter zu berichten weiß: "Der Neid ist ein un-
heilbarer Aussatz, eine stechende Seuche, ein Erbgrind
(Pilzerkrankung), eine Otter und Schlangengift und
Ungeziefer, ein höllischer Drachen, ein Basilisk, eine
reucherige Nachteule, eine Wasserschlange, eine Teu-
felsbraut, eine Tür aller Ungerechtigkeit, ein Todten-
bruch, eine giftige Ratte, ein stinkender Rosskäfer,
eine giftige Schmeißfliege, ein Rost im Herzen; wo
diese Schlange kriecht, da verdorren Laub und Gras;
wen dieser Höllenhund beißt, der ist übel gebissen; er
beißt aber meuchlings." Neid und Melancholie sind
enge Verwandte. schreibt der englische Gelehrte Robert Burton: Der Neid martere die Seele, lasse den
Körper verdorren, mache hohläugig, blass, dürr und
verleihe ein gespenstisches Aussehen. So wie die
Motte ein Kleidungsstück zerfrisst, so zerfrisst der
Neid den Menschen. Er verwandle sich in ein lebendi-
ges Skelett, einen bleichen und ausgezehrten Leich-
nam, den ein Dämon beseelt."

Wie steht es nun aber mit mir, dem Teufel, selbst?
Bin auch ich vom Neid zerfressen? Möglicherweise
bin ich ja neidisch auf den Erzengel Michael. Oder
richtet sich mein Neid gegen die Menschen? Gut, ich
hatte im Himmel eine gewisse Position inne. Immerhin war ich der Anführer des 9. Engelschores. Und

diese Position hatte ich im Zuge des himmlischen Machtkampfes bekanntlich verloren. Das hatte mich zwar sehr gewurmt. Als ich damals noch der Engel Luzifer war, hatte ich allerdings nie den Ehrgeiz, eine führende Position im himmlischen Verwaltungsapparat einzunehmen wie der Erzengel Michael. Es war auch nie so richtig mein Rang geklärt worden. War ich, Luzifer, überhaupt ein Erzengel oder doch nur ein einfacher Engel?" All dies sind müßige Fragen, da ich, der Teufel, jetzt bekümmert und heimatlos über die Erde irre.

Der Lügen- und Lästerteufel ist noch schlimmer als ein Mörder.

Unser Teufel hatte sich auf seinem Platz in der ehrfürchtigen Stille des Handschriftenlesesaals wieder in den riesigen Folianten über die Menschenteufel vertieft und fuhr mit der Lektüre des Lügen- und Lästerteufels fort; dabei las er folgenden bemerkenswerten Satz: "Das ist der neidischen Leute Zukost, ihre Nachbarn zu verleumden. Und nichts schmeckt ihnen besser als das Afterreden." Wie kommt es aber dazu, dass bestimmte Menschen so etwas tun? "Diese Menschenschlangen und giftigen Würmer, die alles, was einer tut, bereden, richten, verurteilen und schweigen nicht still, dieweil sie was von ihrem Nächsten wissen." Es komme aber dieses Laster nicht von Gott, so heißt es, der bekanntlich ein Brunnquell alles Guten und ein Stifter der Wahrheit sei, sondern es habe, so wird gesagt, seinen Ursprung in der Welt des Teufels und der Hölle. Das Laster des Verleumdens und Afterredens, so fährt der Pfarrer in seinem Traktat fort, komme aus dem schändlichen, bösen und verderbten Wesen des

Menschen. Ein Lügner und Verleumder sei viel ärger und richte größeren Schaden an als etwa ein Totschläger und Mörder auf der Straße. Denn ein Lügner betrügt die Leute, verführt die Seelen und bringt sie um, so dass man dessen nicht gewahr wird. Er verfolgt sein Opfer, zückt seinen Dolch der Verleumdung und hat er sein Opfer erreicht, sticht er zu und lässt ihn moralisch getötet zurück. Afterreden und Verleumden kann, so wird gesagt, geradezu ein Ersatz für das Morden sein. Noch eleganter sei es aber freilich, wenn der von der Verleumdung Getroffene aus Scham hingeht und sich dann selbst leibhaftig umbringt.

Ein Dieb, so ist in dem Traktat über den Lügen- und Lästerteufel weiter zu lesen, sei zweifellos ein schändlicher Mensch, aber ein Verleumder sei viel heimtückischer. Sicherlich sei es unwidersprochen, dass ein Dieb ein abscheulicher Kerl sei, den man gehörig bestrafen müsse. Und deshalb befiehlt die Obrigkeit, Diebe an den Pranger zu stellen, ihnen die Ohren abzuschneiden, sie auszupeitschen, die Hände auf den Rücken zu binden und sie schließlich an einem Baum oder Galgen aufzuhängen. Aber ein Verleumder, so heißt es weiter, sei noch viel schändlicher; denn er sei ein "Ehrendieb", welcher dem Unschuldigen die Ehre stiehlt und abschneidet und ihm nimmt, was er ihm nicht wieder geben kann. Denn einem redlichen Menschen sei es mehr an der Ehre gelegen als an Geld und Gut. Ja, ein Verleumder sei noch ärger als eine Schlange. Denn Schlangenstiche könne man heilen aber einen falschen Zungenstich nicht. Aber auch bei den Sünden und Vergehen ihres Nächsten sind solche boshaften Menschen sofort zur Stelle. "Die Afterredner und Verleumder sind echte Säue und Dreckfresser; denn des Nächsten Sünde ist nichts anderes als Kot und Dreck, den sie genüsslich durch ihr Maul laufen lassen." Und da hat dann der Teufel leichtes Spiel. "Denn das ist des Teufels Eigenart, dass er seinen Rüssel in der armen Menschen Sünden sudelt, wühlt und und rüttelt, als wolle er den Dreck gerne so groß und breit machen, dass der Himmel voll Gestanks ist und Gott mit allen Engeln hinausgestänkert wird." Der Pfarrer des Pamphlets bringt sein Traktat kurz und bündig auf den entscheidenden Punkt: "Menschen welche die Lüge lieben, sind alle Kinder des Teufels." Und wenn es auch nicht möglich sei, diesen gottlosen Verleumdern und Ehrabschneidern das Maul zuzubinden oder zu stopfen, so würden sie zweifellos im Jenseits ihre gerechte Strafe erhalten. Im Himmel würden sie jedoch keinen Platz finden; denn mit ihren ewigen Intrigen würden sie ja auch noch den ganzen Himmel mit ihrem Mist und Gestank durchseuchen.

Und in der Bibel hat man dieser Spezies von Lästerzungen und Ehrabschneidern vielfältige Namen gegeben: "Lügner, Falscher Zeuge, Falsche Menschen, Falsche Meuler, Falsche Zungen, Afterreder, Verleumder, unnütze Wäscher, Plauderer, Lästerer, Heuchler, Schmeichler, Verräter usw. Aber wie auch immer man sie nennen mag, sie sind, und dies kann nicht oft genug betont werden, alle Kinder des Teufels.

Der Tanzteufel taumelt in den Tod

Der Teufel erinnerte sich, wie er einmal in einem Gasthaus eingekehrt war, um sich nach einer anstrengenden Wanderung zu erholen. Doch an Ruhe war dort überhaupt nicht zu denken, weil aus heiterem Himmel ein Gewitter in Form eines tanzwütigen Rudels junger Leute hereinbrach. Wie er später erfuhr, grassierte in der damaligen Zeit allenthalben und ungestüm der Tanzteufel und hierüber konnte sich der Pfarrer, der diesen Bericht hier niedergeschrieben hat, nicht genug aufregen.

"Vom Tanzteufel soll hier berichtet werden, von dem garstigen, unflätigen, unzüchtigen, ungöttlichen, sündlichen, leichtfertigen, zucht- und ehrverwegenen Tanze." Ursprünglich dienten die Herbergen der Versorgung von Reisenden aller Art. Heute aber seien sie Einrichtungen "teuflischen und unrechten Missbrauchs geworden. Dass Spieler, Säufer, Tänzer die ganze Nacht ein unmenschliches Geschrei aufführen, springen, pochen, poltern, lästern, tanzen als wären sie gar toll und unsinnig und als wollten sie oben zur Decke hinaus, das unterst zuoberst drehen."

Da müssten denn vernünftige, fromme Leute leiden und alles in sich hineinfressen, "bis der Teufel die trunkenen, tollen, wütenden, mutwilligen, gottlosen Buben mit sich in die Hölle führt. Wir wollen vom Tanzteufel sagen, dass der Tanz in den Herbergen ehrvergessenes, leichtfertiges, böses und unzüchtiges Tanzen ist. Und je mehr man sie ermahnt und tadelt, desto wilder treiben sie es, je ausgelassener und unsinniger tanzen sie." Zum Ärger und Leidwesen des Pfarrers.

Der fromme Autor hat sich gewaltig in Rage geredet. Es handelt sich ganz eindeutig auch um ein Generationenproblem. Immer schon schelten die Älteren neidisch die ausgelassene Lebensweise der Jungen. Es steckt aber ganz offensichtlich noch mehr dahinter. "Es ist mit den Tänzen ein böses gottloses Wesen, Sünde, Schande, Laster, Schaden, Jammer und Not." Ein Sprichwort sagt: Wo Gott eine Kirche baut, da stellt bald auch der Teufel ein Wirtshaus daneben. Die Wirte solcher Kaschemmen seien aber auch meist liederliche und gottlose Leute und sie ließen es gehen, wie es kommt.

Von all den Berichten über diese sich überstürzende und kreiselhaft sich drehende Tanzerei ist es unserem Teufel auf seinem Bibliotheksstuhl ganz schwindelig geworden. Er erhebt sich, verlässt das gelehrte Gebäude und erreicht mit torkelnden Beinen eine Bank auf dem Bibliotheksvorplatz, wo er sich erschöpft niederlässt und tief durchatmet.

Oben im Handschriftensaal hatte man ihn bereits vermisst und der Teufel war froh, dass der riesige Foliant mit den Menschenteufeln noch auf seinem Platz lag, als er in die Bibliothek zurückkehrte, um mit seiner Lektüre fortzufahren.

Und dort erinnerte sich der Pfarrer dieses Tanzteufeltraktats wehmütig an die gute alte Zeit, als noch ehrbar und züchtig getanzt wurde. Ach ja, früher war alles besser! Wo aber ist das alles hingekommen? Von älteren und ehrlichen Menschen wird berichtet von "lieben, feinen, züchtigen, sittigen, friedsamen, stillen und freundlichen Tänzen." Dagegen ist heute "der wilde, unziemliche, unverschämte, garstige, unflätige, Gottes Ehr und Zucht vergessene, unzüchtige, leichtfertige Tanz ein stetiges unordentliches Rennen und Laufen, wie das unvernünftige Vieh durcheinander läuft, dass sie auch mit tollem unvernünftigen Gelaufe von Ferne mit den Köpfen zusammentreffen, und eines das andere zu Boden stößt, und von hinten nicht allein auf die Füße tritt, dass die Schuhe entfallen, sondern einen auch gar danieder rennen; machen einen gräulichen Staub, Gestank, verfälschen die Luft." Unversehens wird der Autor des "Tanzteufels" in seiner Tirade selbst vom Sog und Strudel der Tanzorgie mitgerissen. "Sie treiben solch viehisches Rennen und Laufen, besonders, wenn sie bezecht sind. Und genauso tanzen die Teufel in der Hölle. Es sind alleweil Lumpentänze".

Bei ehrbaren und züchtigen Menschen geht es dagegen sittsam und fein daher. So ähnlich wie später in der gezügelten und etwas betulichen "Aufforderung zum Tanz" des Komponisten Carl Maria von Weber.

Und lange galt das bewährte Motto: "Das Bein, das sich zum Tanze regt, wird im Himmel abgesägt"

Wer einmal in des Teufels ungezügelten und aberwitzigen Tanzwahn hineingeschleudert wird, der ruiniert nicht nur seine Gesundheit, sondern ebenso sein Seelenheil. Denn die unzüchtigen und wilden Tänzer "sie rennen und laufen also zur Hölle immer näher, bis sie endlich auf solchem Weg gar in sie hineinfallen." Immerzu laufen die Mägde und Knechte ins Wirtshaus, egal ob bei Tag oder Nacht, ob es schneit oder regnet, ob ein schlechtes oder gutes Wetter herrscht. Nichts hindert sie, sollten sie sich auch ein Bein brechen, "sie laufen fleißig und unverdrossen zu des Teufels Wallfahrt." Wenn sie doch nur mit gleichem Ernst und Fleiß sich des Gottesdienstes befleißigen würden. Aber nein, der Tanzteufel, dem sie dienen, lässt es hierzu keineswegs kommen. Und die vom Tanzteufel Besessenen breiten sich mit ihrem liederlichen Laster wie bei einer Seuche allenthalben und allerorten aus. Ob im eigenen Dorf oder auf der Kirchweih und auch auf Hochzeiten kommen sie in Haufen hergerannt und überschwemmen alles mit ihren gottlosen Tänzen, welche die sittsame Ordnung hinwegspülen.

Und sie tanzen so wild, dass einem die Haare zu Berge stehen. Der Tanzteufel führt zur Sünde, zum Laster und zum Verderben. Und es ist nun gar soweit gekommen, dass er mehr Gewicht bekommen hat als Gottes Wort. Beim Gang in die Tanzdiele wird die Kirche einfach links liegen gelassen.

Und dies ist der Hauptgrund für all die Tiraden des Pfarrers gegen den Tanzteufel. Wo getanzt wird, da führt er sein höllisches Regiment und es wird hierüber allerlei Schauriges erzählt. So z.b. die folgende Geschichte: In einem Dorf bei Halberstadt waren einst am Heiligabend etliche Frauen und Männer zusammengekommen. Und sie haben dort mit großem Geschrei und wild getanzt und waren alle sturzbetrunken. Der Pfarrer sah dies mit größtem Unbehagen und er ermahnte die jungen Leute innezuhalten. Aber die Tänzer zeigten ihm nur einen Vogel und haben sich weiter wie wild gedreht und sind fast an den Mond gesprungen. Hierüber war der Pfarrer in höchstem Maße erbost und zornig verfluchte er die Tänzer. Aber die drehten sich nur umso wilder und ungebärdiger. Sie tanzten Tag und Nacht ohne Unterlass und ohne zu essen und zu trinken. Der Tanz kehrte sich um zu einer nicht enden wollenden, fürchterlichen Strafe, im Grunde dem Sisyphos ähnlich. Und sie tanzten ein ganzes Jahr lang qualvoll und konnten nicht mehr aufhören. Sie waren in einen nicht enden wollenden Teufelskreis und Albtraum der Tanzerei geraten. Der Teufel hat sie immer wieder angetrieben und so stürzten sie zu Boden und starben allesamt an den qualvollen Folgen des Tanzens. So wird es erzählt.

Der Gesindeteufel macht, was er will.

1564 hatte der evangelische Pfarrer Peter Glaser aus Dresden eine Schrift mit dem Titel „Gesindeteufel" verfasst„ die einige Jahre später in den von Sigmund Feyerabend herausgegebenen Sammelband "Theatrum diabolorum" aufgenommen worden war. Und hier wurden, wie konnte es anders sein, „die Unsitten, die Faulheit, die Mutwilligkeit und die Halsstarrigkeiten" des Gesindes angeprangert. "Warum sind denn nur die Knechte und Mägde heute wieder so schläfrig, verdrossen und träge? Sie laufen ja wieder so tranig umher, als wollten sie vor Faulheit umfallen. Sie lassen im Haus und Hof alles gehen, wie es will. Das Vieh steht ungefüttert im Stall und im Keller läuft der Wein aus. Die Hunde und Katzen fressen das Fleisch aus den Töpfen und im ganzen Haus geht es abenteuerlich zu." Wenn man dem Gesinde erlaube, in die Kirche zu gehen, so liefen sie auf direktem Wege ins Wirtshaus. Und wenn sie tatsächlich einmal in die Kirche hineinfänden, so säßen sie dort und schliefen. Es sei ekelerregend, wie verdreckt sie herumliefen. So „als seien sie dem Teufel aus dem Hintern gefallen." Und obendrein seien sie roh und frech. Solches Gesinde solle man zum Teufel jagen! Und bei alldem hat, so wird immer wieder betont, der Teufel stets seine Hand im Spiel.

Gegen derartige Verlotterungen des Gesindes hatte die Kirche ihre klerikalen Geschütze in Stellung gebracht. In einem Gebet für Dienstboten ist zu lesen: „Ich will meine Standespflichten immer genau erfüllen, die Beschwerden ohne Murren, Fluchen und

Schmähen geduldig tragen, mich vor allem Bösen hüten; alle Untreue, Faulheit, Neid Ungehorsam, Plauderei, Lügen, Unzucht und alles was hierzu verleiten kann, weil es dir, heiliger Gott, missfällig ist, sorgfältig meiden". Das Gebet endet: „Jeder Schweißtropfen, jede Arbeit, jedes erduldete Schmähwort, jedes geduldige Leiden hilft mir ja, den Himmel zu erwerben. Gott gib mir deine Gnade. Amen."

Dass Dienstleute, Mägde und Knechte schlecht behandelt, schikaniert und drangsaliert wurden, scheint gang und gäbe gewesen zu sein. Dessen ungeachtet - so wird gepredigt - sollen die Untergebenen sich nicht davon abhalten lassen, gewissenhaft und ordentlich ihren Dienst und ihre Pflichten zu erfüllen. Ja, man kann dem sogar positive Seiten abgewinnen. Denn je mehr die Dienstboten und das Gesinde von ihren Herren zu ertragen hätten, desto besser. Denn alle Leiden würden ja im Jenseits von Gott aufgewogen und belohnt. Die geschundenen Dienstleute seien insofern „die Allerglückseligsten, denn die Drangsale treiben sie zu Gott." Dem Knecht hält Pfarrer Glaser als positives Beispiel den Esel vor Augen. Auch der müsse ja ohne Unterlass die höchsten Anstrengungen auf sich nehmen und bleibe trotz alledem ein Ausbund an Geduld. Daher gelte die Regel: 'Einem Esel gebührt Futter, ein Stecken und seine Last, einem Knecht gebührt Speise, Züchtigung und seine Arbeit.' Im "Gesindeteufel" des Pfarrers Peter Glaser geht es immer darum, die Disziplin und Arbeitsmoral des Hauspersonals zu heben und den Hang zum Müßiggang einzudämmen. Sie sollen ihre Arbeit klaglos und willig akzeptieren, auch wenn es für sie oft mit beschwerlicher Mühsal verbunden sei. „Lob sei dir Gott, dass ich mich plagen kann in saurer Arbeit auf Erden." heißt es in einem weiteren Gebet, das von den Kirchenleuten speziell für die Domestiken angefertigt worden war. Im Alten Testament wurde die Arbeitsplage ja bekanntlich als Strafe für den paradiesischen Sündenfall verordnet. Dies wird hier jedoch in geradezu sadomasochistischer Manier auf den Kopf gestellt. Die mühselige Arbeit ist nun nicht mehr Sündenstrafe, sondern göttliche Wohltat und Gnade. Gott hätte die Welt ja auch ganz anders einrichten können. Nur eines einzigen Wortes hätte es den Allmächtigen gekostet, und alles was die Menschen zum Leben brauchten, Essen und Trinken, fiele vom Himmel herab, ohne dass sich die Menschen mühen und plagen müssten. Für die Knechte, die Mägde und das Dienstpersonal wäre dies aber ausgesprochen fatal gewesen. Denn dann wären sie ja vollkommen überflüssig gewesen. Und dass dies nicht geschehen ist, dafür dankten sie Gott: „ Oh mein Gott, mein Gott, was ist doch die Plage und Beschwerde hier auf Erden köstlich, da sie so große Seligkeit schafft."

Die Klagen und das Gezeter der Herrschaften über ihre Dienstleute nehmen kein Ende. Warum ist bloß das Gesinde heute wieder so faul und nachlässig. Ach, hätte die Magd doch nur ein Quäntchen des Arbeitsfleißes der heiligen Zita. Und auch der Knecht sollte sich ein Vorbild am heiligen Isidor nehmen. Wenn man ihn aber braucht, so ist er weit und breit nicht zu sehen. Wahrscheinlich vergnügt er sich mal wieder mit dem Küchenmädchen auf dem Heuboden.

Worin sehen die Kleriker nun die Ursachen für die vermeintliche Faulheit und Haltlosigkeit der Dienstleute? Man ist sich darüber einig, dass sie zu wenig ihre christlichen Pflichten erfüllen, dass sie weder zur Messe noch zum Beichten gehen. Aber umso mehr fallen sie auf die teuflischen Verlockungen herein und eilen ins Wirtshaus statt in die Kirche. Und das kommt daher, dass sie vom Gesindeteufel besessen sind. Und was ist das nur für ein liederlicher Wirt in der Kaschemme! Sieht er nicht dem Teufel ein bisschen ähnlich? Naja, Hörner wachsen nicht aus seinem Schädel, aber einen bösen Blick hat er. Sicherlich ist er des Teufels Schankwirt auf Erden, dessen Ziel es ist, möglichst viele Menschen zur Trunksucht zu verführen, um sie dann in der Hölle umso besser braten zu können. Und hier wird ganz deutlich, dass der Gesindeteufel mit dem Saufteufel im Bunde steht. Beide zusammen bilden eine Front, um das Gesinde vom rechten Pfad christlicher Tugend abzubringen und ins Unglück der Höllenqual zu treiben.

Schimpf und Schande für den unverschämten und unzüchtigen Hosenteufel.

Ein frommer Mann hatte bei einem Maler ein religiöses Bild bestellt. Und zwar wollte er aus der berühmten Apokalypse in der Bibel (Offenbarung des Johannes) jene Szene gemalt haben, in welcher der Erzengel Michael den Teufel aus dem Himmel in die Tiefe stürzt. Der Teufel war von Geburt her rank und schlank. Der Maler hatte ihn aber in eine dieser voluminösen, bunten und wildscheckigen Pluderhosen gesteckt, wie sie im 16. Jahrhundert vor allem junge Männer trugen.

Als der Teufel von dem Bilderprojekt hörte, suchte er den Maler in seinem Atelier auf und als er das Bild zu Gesicht bekam, war er außer sich vor Wut und stellte den Maler zur Rede. Zuerst verpasste er ihm eine deftige Ohrfeige. Wie er ihn, den Teufel, auf seinem Bild mit solch einer Pluderhose missgestaltet habe! Das sei ja geradezu eine ausgewachsene Körperverletzung, schimpfte er. Zur Strafe hat ihm der Teufel den Geldbeutel mit dem Lohn für das Gemälde um die Ohren gehauen und als Schmerzensgeld selbst eingesteckt und mitgenommen.

Gegen diese damals modischen Pluderhosen hatte nicht allein der Teufel Vorbehalte, sondern ebenso die Kirche. In seinem Pamphlet gegen den Hosenteufel aus dem "Theatrum Diabolorum" zieht der evangelische Pfarrer Andreas Musculus kräftig vom Leder. Es sei dies eine scheussliche, unmenschliche und teuflische Kleidung, welche die Männer zu Unmenschen mache und sie sei so schändlich, dass nicht allein Gott, die lieben Engel und alle frommen und ehrbaren Leute, sondern auch der Teufel einen Ekel empfänden.

Welches war nun der Anstoß für die moralische Entrüstung der Kirche und aller sittsamen Bürger? Zunächst einmal waren es sicherlich ganz allgemein Vorbehalte gegenüber allem modisch Neuen. Vergleichbar der Aversion der Bürger gegenüber den langen Haaren bei jungen Männern wie sie seit den 60er Jahren des letzten Jahrhunderts bei uns aufkamen. Was hatte es mit diesen Pluderhosen nun auf sich? Fragen wir eine Expertin. "Durch einen in der Taille und wenig über dem Knie zusammengehaltenen Überzug aus frei fallenden, bandartigen bunten Längsstreifen bauscht sich die mit viel Stoff gearbeitete ‚Unterhose' zu den namengebenden voluminösen Hosenbeinen." (Jutta Zander-Seidel, Der Teufel in Pluderhosen)

Die gesamte Konstruktion einer Pluderhose verbrauchte ungemein viel Stoff, war insofern sehr teuer und für einen Durchschnittsverdiener unbezahlbar.

Und diese Verschwendung schaffte böses Blut bei all denen, die sich solch ein aufwendiges Kleidungsstück nicht leisten konnten.

Was aber die Pluderhose besonders in Verruf brachte, war die meist damit verbundene sog. Schamkapsel, ein männlicher „Brunstschmuck", durch den die sexuelle Potenz des Mannes nachdrücklich betont werden sollte. Wer solche unzüchtige, teuflische und unmenschliche Kleidung trage, habe auch böse Lüste in seinem Herzen und handele Gott zuwider. „Und dies alles dient allein der "bösen Anreizung der armen unwissenden und unschuldigen Mägdelein." Der evangelische Hosenkritiker redet sich in Wut. „Und deshalb wäre es besser gewesen, wenn du Luderteufel und Hosenlump nie geboren worden wärst, oder dir ein Mühlstein am Hals hinge und du im Meer lägest, dort wo es am tiefsten ist mit deinen teuflischen lumpichten Hosen. Und wenn du dereinst als unflätiger und unzüchtiger Pluderteufel vor das Angesicht Gottes und seiner Engel trittst, so wirst du der großen Verdammnis verfallen." Die Kritik an den Pluderhosen war gnadenlos: Zum einen, so hieß es, weil sich deren Träger damit zu Unmenschen machten. Zum anderen wegen des öffentlichen Ärgernisses und der "Anreizung zu allen bösen Begierden." Und die Schimpfkanonade ging weiter. Angesichts solcher Pluderhosen könne man denken, dass die Ehrbarkeit aus Deutschland ausgewandert sei und sich an deren Stelle allenthalben der unzüchtige und unsaubere Teufel gesetzt hat.

Großer Gott! Was die Menschen doch für Probleme haben, musste unser Teufel auf seinem Bibliotheksstuhl denken und schüttelte nur den Kopf. Aber hatte er in dieser Geschichte nicht ebenso gegen solche Hosen Front gemacht und den Maler verprügelt?

Der Kleiderteufel auf dem Weg in die Hölle

Es lebte einmal ein braver Bürger namens Arthur Wellinger in der süddeutschen Kleinstadt Malenberg und war mit seinem Leben hinlänglich zufrieden. Er war Handwerker und betrieb eine kleine Tischlerei. Das wäre auch alles gemütlich so seinen Weg gegangen, wenn nicht seine Frau so kleidersüchtig gewesen wäre. Sie strebte nach Höherem und wollte sich mit den reichsten Frauen der Stadt messen. Wenn er mehr Geld heimbringe, könne sie sich die herrlichsten Kleider anfertigen lassen, stachelte sie den Ehemann an.

Der Mann wollte seine habsüchtige und schmuckverliebte Frau nicht erzürnen und so überlegte er, wodurch er zu mehr Geld kommen könnte. Eines abends saß er draußen auf einer Bank und grübelte sich in seine Geldprobleme hinein. Und plötzlich wurde er dessen gewahr, dass da einer neben ihm auf der Bank saß. Ein unscheinbarer Kerl mit schlotternden Hosen und zerzaustem Haar. Und der sprach den Tischler an. Er wisse ja, dass er Sorgen wegen seiner geldgierigen und putzsüchtigen Frau habe. Er wolle ihm aber gerne helfen und ihm Reichtum verschaffen. Der etwas schläfrige Arthur war im Nu hellwach und fragte den fremden Menschen, was er denn tun müsse. Zunächst gar nichts, entgegnete der Fremde, der sich - wie konnte es anders sein - als der Teufel zu erkennen gab. Er solle statt seines nicht eben gewinnträchtigen Tischlerberufs umsatteln und Kaufmann werden.

Der Tischler folgte diesem Rat und der Teufel gab ihm eine persönliche Weiterbildung darin, wie man aus Dreck Gold machen kann. Daraufhin gab der Tischler sein Handwerk auf und wurde Kaufmann. Und in kürzester Zeit beherrschte Arthur Wellinger all jene Tricks und Finten, die einen als Kaufmann reich werden lassen. Und so wurde er über kurz oder lang vermögend und wohlsituiert. Und bei all seinen wucherischen und dubiosen Geldgeschäften half ihm der Teufel. Und so lebte er denn mit seiner Frau über die Jahre in Wohlstand und Freuden von Teufels Gnaden.

Doch als der Mann alt und gebrechlich war und im Sterben lag, gab es ein böses Erwachen. Man rief den Notar, um ein Testament aufzusetzen. Der Sterbende richtete sich in seinem Bett auf und verkündete den Umstehenden, dass er bereits vor einiger Zeit sein Testament verfasst habe und dies habe folgenden Inhalt: Da der Teufel ihm bei all seinen krummen Finanzgeschäften über all die Jahre so gut geholfen habe, sei er zu dem Entschluss gekommen, seinen Leib und seine Seele dem Teufel zu vermachen und den Weg in die Hölle anzutreten. Die Umstehenden waren schier entsetzt. Doch es sollte noch ärger kommen. Der Sterbende wandte sich an seine Frau und sprach zu ihr: "Liebes Weib, Seite an Seite sind wir beide durchs Leben gegangen und ich habe dich so sehr geliebt, dass ich meinen Beruf gewechselt habe und Kaufmann geworden bin, um Dir all deine Wünsche erfüllen zu können. An nichts sollte es dir fehlen. Seidenkleider solltest du besitzen, die jeder Frau von Adel zum Schmuck gereicht hätten. Und angesichts deiner Hüte, Strümpfe und Schuhe sollte jede Bürgersfrau gelb vor Neid werden. Deine goldenen Ketten, Armreife und Ringe sollten dich über alle anderen Frauen erheben. Sämtliche ihrer Wünsche, so sprach der Sterbende mit brüchiger Stimme weiter, habe er ihr mit Freuden und ohne Aufschub erfüllt. Als Dank hierfür bitte er sie, auch ihm einen Gefallen zu tun und ihn auf seinem Weg in die Hölle zu begleiten. Auch der Teufel würde sicherlich an ihren wunderbaren Kleidern und ihrem Schmuck Gefallen finden. Und da sie all ihren Luxus ja letztlich dem Teufel verdankte, nahm der Mann seine Frau bei der Hand und sie wanderten gemeinsam ins Höllenreich.

Der Teufel verlässt die Bibliothek.

Der Teufel hatte genug von all diesen Geschichten über die Menschenteufel. Dabei hatte er aber nicht einmal alle Kapitel des "Theatrum Diabolorum" durchforstet. Er hatte sich aber geschworen, später noch einmal in die Bibliothek zurückzukehren, um sich dann z. B. dem Eheteufel und dem Saufteufel zu widmen.

Als der Teufel den Bibliotheksvorplatz verließ, kam er ins Grübeln und fragte sich, was all diese Heerscharen von Gelehrten denn eigentlich so treiben, die Tag um Tag die Lesesäle der Bibliotheken bevölkern. Welchen Nutzen hat ihre Gelehrsamkeit? Ist die Menschheit dadurch besser geworden? Ziel und Zweck ihrer Forschungen sei es, musste der Teufel denken, in dem riesigen Körnerhaufen des Wissens unentwegt herumzuschaufeln und sich den Schädel mit immer neuem Wissen anzufüllen. Das Ganze bleibe aber leider meist folgenlos. Es gehe vielen Gelehrten ja auch nicht dar-

87

um, die erworbenen Kenntnisse zum Wohle der Gesellschaft praktisch anzuwenden oder sie weiter zu verarbeiten. Vielmehr dienten sie ihnen oft nur als eine Art persönlicher Gelehrtenzierde, um sich damit in der Geisteswelt hervorzutun. Ein wissenschaftlicher Fortschritt sei dabei allerdings selten festzustellen. Dachte der Teufel. So hat einmal ein Gelehrter jahrelang einen dicken Wälzer über "Die Kommasetzung in den Schriften des Philosophen Johann Gottlieb Fichte" verfasst. Donnerwetter!

Dem Teufel war klar, dass die Gelehrtenwelt nicht sein Metier sei und deshalb machte er sich gerne über den Wissenschaftsbetrieb lustig. Vielleicht lag das aber auch schlicht daran, dass er damals im Himmel zu oft die Schule geschwänzt hatte.

Kapitel III: Wie der Teufel die verschiedenen irdischen Höllenqualen kennenlernte

Wie es dazu kam, dass sich der Teufel einmal mit Jesus traf und mit ihm eigentümliche Gespräche über eine bessere Welt führte.

Der Teufel flüchtete, so schnell er konnte, vor einem heftigen Regenguss in eine Kirche, wo er sich außer Atem und ermattet im Kirchengestühl niederließ. Als er wieder zu sich gekommen war, schritt er nach vorne zum Altar, nahm die große Bibel und tauschte sie gegen die moderne Bibel, das Guinessbuch der Rekorde aus, das er gerade in einer Buchhandlung erworben hatte.

Und wie der Teufel so in der Kirchenbank saß und vor sich hin sinnierte, verwunderte es ihn, dass die

Christen als zentrales Symbol ihrer Religion das Kreuz, also ein Mord- und Folterinstrument, ausgewählt hatten. Kreuze allerorten und besonders in katholischen Gebieten. Als Anhänger um den Hals, an Hauswänden, an Wegkreuzungen, auf Berggipfeln, in Schulen und sonstwo. Vielleicht sollte man für Urlaubsreisen auch noch aufblasbare Kruzifixe erfinden. Aber sicherlich gibt es so etwas schon längst. Dachte der Teufel.

Warum herrscht nur die inflationäre Allgegenwart dieses Mord- und Folterinstruments in der christlichen Religion? Fragte sich der Teufel. Dass dies sadistischen Motiven entspringen könnte, wäre wohl eine zu simple und geradezu abwegige Erklärung. Aber sicherlich soll das Kreuz als Gewissensfutter dienen. Damit die Menschen immer wieder daran erinnert werden, dass Jesus den Kreuzestod für die Menschen erlitten hat. Für spöttische Zungen bedeuteten die Kruzifixe allerdings nichts anderes als die immerwährende Mahnung, gefälligst die christlichen Gebote zu befolgen, um nicht auch am Kreuz zu landen.

Auch in dem Gotteshaus, in welches der Teufel vor dem Wolkenbruch geflohen war, stand im Zentrum des Altars ein riesiges Kreuz, an dem ein überlebensgroßer Jesus angenagelt war. Und es war alles realistisch und naturgetreu nachgebildet, wie es in der Bibel beschrieben ist: Die Dornenkrone, welche sich schmerzhaft in die Schädeldecke hineinbohrt; die riesigen Nägel in den blutunterlaufenen Füßen und Händen und der Lanzenstich des römischen Soldaten im Oberkörper von Jesus, aus dem das Blut hervorquillt.

Als der Teufel bemerkte, dass der gekreuzigte Jesus ihn beobachtete, wurde er schamrot und versuchte abzulenken: „Du hast ja mit deiner Bergpredigt ein großartiges sozialrevolutionäres Programm aufgestellt. Leider hat sich davon im Lauf der Geschichte aber kaum etwas durchsetzen können." „Da hast du wohl recht." entgegnete Jesus. „Wenn dir das damals schon klar gewesen wäre, hättest du dich dann kreuzigen lassen?" „Natürlich nicht. Mein Fehler war, dass ich mit meiner Bergpredigt ein utopisches Programm verkündet habe, dem die Menschen noch nicht gewachsen sind. Und aus Ärger hierüber haben sie mich umbringen lassen."

Der gekreuzigte Jesus holte in seiner Rede weit aus und sparte nicht mit Kritik an seinem himmlischen Vater, weil der bei der Erschaffung der Erde die Menschen in den Rang von Göttern erhoben hatte und sie aufforderte, sämtliche irdischen Lebewesen sich zu unterwerfen.

Und wenn sich einer darüber beschwerte, dass auf der Erde etwas nicht rund lief und die Menschen zu viel Murks, Mord und Totschlag produzierten, verwies Gott die Kritiker an die „Abteilung Sünde" mit ihrem Generalmanager, dem Teufel.

Gott selbst hatte keine Lust mehr, sich um das Erdengewusel zu kümmern. Nur einmal noch hatte er massiv eingegriffen und versucht, mit der Sintflut dem menschlichen Spuk ein Ende zu bereiten. Allerdings, wie man weiß, ohne grundlegenden Erfolg. Und die immerwährende Frage der Menschen, weshalb Gott all diese monströsen Verbrechen, von Auschwitz bis Hiroshima, nicht verhindert hat, erübrigt sich insofern von selbst. Denn Gott hatte ja mit der Erschaffung der Welt sein Werk getan und sich danach als Schöpfer erschöpft zurückgezogen und ward künftig nicht mehr gesehen. Es hieß, er habe sich in der

90

himmlischen Zentralbibliothek eingeschlossen. Und wie man erfuhr, gab er sich dort dem intensiven Studium der verschiedenen Sozialutopien der Menschen hin. Hatten sie vielleicht Ideen für eine bessere Welt? Inwieweit sind diese utopischen Ideen verwirklicht worden? All diese Bücher von Platon über Thomas Morus bis hin zu den Frühsozialisten und Marx studierte Gott intensiv. An der Eingangstür zur Bibliothek hatte er ein Schild mit der Aufschrift "Prüfung! Bitte nicht stören" anbringen lassen. Die himmlischen Geschäfte überließ er einstweilen seinen Erzengeln. Nachdem er sich mehrere Wochen in die einschlägige Literatur vertieft hatte, erhob er sich von seinem Bibliotheksstuhl, reckte sich und stellte ernüchtert fest, dass auch hier nur mit Wasser gekocht wurde. Auch hier gab es zwar viele eindrucksvolle Ideen, die aber kaum verwirklicht worden sind.

Doch zurück zur Unterredung zwischen Jesus und dem Teufel. "Später," so fuhr Jesus fort "hat man meinen Kreuzestod kolossal verklärt. Mit meinem Opfer hätte ich ein großes Werk für die Menschen erbringen und die gesammelten Sünden der Menschen auf mich nehmen wollen, um sie damit zu erlösen." Aber, so wendet der Teufel ein, er habe ja die Menschen nicht von ihren Sünden befreien und sie schon gar nicht besser machen können. Auch wenn er die besten Absichten gehabt hätte; denn in der Bergpredigt hatte Jesus seine Zuhörer bekanntlich inständig dazu aufgefordert, ihre Mitmenschen zu lieben und zu achten, sogar ihre Feinde. Immer wieder forderte er die Menschen dazu auf, Gutes zu tun und anderen zu helfen. Er selbst setzte sich besonders für schwache und benachteiligte Menschen wie Kranke und sogar für Verbrecher ein.

Die Bergpredigt des Jesus war, wie man heute weiß, ein imposanter utopischer Entwurf, auf dessen Realisierung wir bekanntlich bis heute vergeblich warten; denn das Böse wurde ja damit nicht aus der Welt geschafft. Und hierfür hat die katholische Kirche eine simple und immer wiederkehrende Erklärung: Der Teufel trägt die Schuld. Der Leibhaftige, "der brüllende Löwe, der monströse Wurm und der Verderber der Menschen."

Aber stimmt das überhaupt? "Wenn ich, der Engel Luzifer, nach meinem Himmelssturz nicht in die böse Teufelsrolle gezwungen worden wäre, hätte ich als Engel Luzifer die Menschen schon auf den rechten Pfad der Tugend und der Nächstenliebe führen können", dachte der Teufel draußen vor der Kirche, wo er sich zwischenzeitlich auf einer Bank ein wenig ausruhte.

Als aber ein neuerlicher Platzregen mit Gewitterdonner hereinbrach, flüchtete er zurück in die Kirche, setzte sich auf eine vordere Kirchenbank und wandte sich erneut an den Gekreuzigten: "Glaubst du nicht auch, dass du ohne deinen Kreuzestod dein Programm der Nächstenliebe viel wirkungsvoller und nachhaltiger hättest durchsetzen können?" "Ganz zweifellos" entgegnete Jesus. "Aber das habe ich dir doch vorhin schon gesagt, dass ich mich nicht freiwillig habe kreuzigen lassen. Die reaktionären Pharisäer und die römische Besatzungsmacht haben mich wegen meiner sozialrevolutionären Ideen gefangengenommen und ermordet. Diese grauenvolle Hinrichtung mit Nägeln in den Händen und den Füßen habe ich mir nicht ausgesucht. Und als ich in meinem Schmerz Gott anrief, hat der nicht einmal geantwortet.

Aber dennoch! Ich glaube, mein Tod war nicht ganz umsonst. Wenn man so will, war ich mit meinen Ideen ein früher Vorläufer von Che Guevara. Allerdings kämpfte der mit Waffen und ich mit dem Wort und er ist so wie ich bekanntlich für eine gute Sache gestorben. Ebenso wie ich musste er seine Idee von einer besseren Welt mit dem Tode bezahlen.

Und für meinen Märtyrertod haben mir die Menschen nicht einmal richtig gedankt, sondern sie haben mir nur all ihren gesamten Sündendreck aufgebuckelt." "Aber die Menschen sind", setzte der Teufel nach, "dadurch ja bekanntlich nicht frei von Sünden geworden. Im Gegenteil, wie du weißt, haben ihre Untaten und Verbrechen im Laufe der Jahrhunderte immer monströsere Formen angenommen und der Skandal liegt darin, dass all dies mir, dem Teufel, in die Schuhe geschoben wird."

Jesus hörte sich das Gezeter des Teufels schweigend an und erinnerte dann an die Anfänge seiner Mission. Wie er damals als armer Prediger durch Palästina gewandert war, um den Menschen die Ideen der Nächsten- und Feindesliebe zu verkünden. "Wenn dich einer auf die rechte Wange schlägt, dann halte ihm auch die andere hin." "Im Nachhinein muss ich mir eingestehen, dass ich da etwas naiv gewesen bin." Dem konnte der Teufel nur zustimmen. Er erhob sich aus dem Kirchengestühl, verabschiedete sich feierlich von Jesus und war einmal mehr froh, dem christlichen Irrsinn entronnen zu sein. Vor allem aber ärgerte es ihn, dass die da oben ihn als Generalmanager der „Abteilung Sünde" diffamiert hatten.

Worin berichtet wird, wie der Teufel in den
Horror des Dreißigjährigen Krieges geriet und
einen verwundeten Soldaten heilte.

Auf seinen Exkursionen war der Teufel ins 17. Jahrhundert zurückgewandert und landete mitten im Schlachtgetümmel des Dreißigjährigen Krieges. Wer kämpfte denn da eigentlich gegen wen? Da waren auf der einen Seite Verbände, die in der Protestantischen Union zusammengeschlossen waren, auf der andren Seite zogen die in der Katholischen Liga zusammengefassten Truppen des deutschen Kaisers und seines Oberbefehlshaber Wallenstein zu Felde. Aber warum um Himmelswillen kämpften sie denn gegeneinander? Und auf der Stelle wurde dem Teufel klar, dass die Menschen für ihre Morde und Folterungen und alle nur denkbaren Verbrechen beileibe keinen Teufel benötigen. Sie kommen auch ohne ihn bestens zurecht.

Am Wegesrand stand eine alte Eiche, an der ein Mensch aufgehängt war. Der Teufel versuchte vergeblich ihn vom Baum abzuknüpfen, aber der Ast, an dem er hing, waren entschieden zu hoch. Schade, vielleicht hätte sich ja etwas Brauchbares in seinen Taschen finden lassen. Der Teufel setzte unverdrossen seinen Weg fort.

In der Ferne brannte ein ganzes Dorf lichterloh und es kamen ihm auf dem Weg drei Kühe von Panik ergriffen entgegengaloppiert. Und gelegentlich stolperte er über erschlagene und ausgeraubte Menschen, die auf seinem Wanderweg lagen. Auch ein Hund war dabei, dem ein Bein fehlte. Angesichts dieses Infernos war der Teufel überzeugt, dass er nun doch noch in der Hölle gelandet war.

Der Teufel, der ja selbst einigermaßen kampferprobt war, sagte sich klüglicherweise, dass es das Beste sei, sich aus dem Kriegsgetümmel unerkannt aus dem Staube zu machen. Am Ende würde man ihn, den Teufel, gar für all diese Untaten zur Rechenschaft ziehen. Und tatsächlich beschuldigten sich beide Kriegsparteien, mit dem Teufel im Bunde zu stehen.

Als er an einem weiteren sogenannten Galgenbaum vorbeikam, an dem bereits sieben Menschen aufgeknüpft waren, beschleunigte er seinen Schritt. Unterwegs stieß er am Wegesrand auf einen dicken Franziskanermönch, der wie tot auf dem Boden lag. Erschlagen war er aber offensichtlich nicht; Möglicherweise hatte er einen Schlaganfall erlitten oder er war sturzbetrunken. Aber wie auch immer. Als der Teufel den halbtoten Mönch in seiner braunen Kutte so am Boden liegen sah, kam ihm eine gute Idee. Er zog dem dicken Mönch die Kutte aus und legte sie selbst an. Seinen schwarzen Schlapphut verstaute er in einem der geräumigen Ärmel der Kutte. Die Kapuze zog er tief ins Gesicht und marschierte sodann beherzt weiter.

Gegen Nachmittag gelangte er zu einer verfallenen Burg, auf der sich Kämpfer, die dem katholischen Lager angehörten, verschanzt hatten. Die meisten von ihnen waren verwundet und mehr oder weniger kampfunfähig.

Einer von ihnen lag schwerverletzt am Boden und war dem Sterben nahe. Die anderen standen um ihn herum und sprachen Gebete. Aber es war kein Pfarrer zugegen, der dem Sterbenden die „Letzte Ölung" hätte verabreichen können. Woher denn nur einen

Geistlichen nehmen!? Der nächste Ort war etwa fünf Kilometer entfernt. Das hätte also mindestens zwei Stunden gedauert und der Schwerverletzte wäre in dieser Zeit mit Sicherheit gestorben. Man war ratlos. Schließlich verfiel man auf den fremden Franziskanermönch. Ob er schon einmal eine letzte Ölung vorgenommen habe? Als er zaghaft bejahte, gab es für den Teufel kein Entrinnen mehr und man forderte ihn auf, seines Amtes zu walten. Der Teufel beugte sich über den Sterbenden und salbte die Augen, Ohren, Nase, Mund, Hände und Füße des Kranken; dabei murmelte er erst eine Art Zauberformel, welche die Umstehenden nicht verstehen konnten und danach den folgenden rituellen Text, den er noch von früher kannte. "Durch diese heilige Salbung und durch seine mildreiche Barmherzigkeit verzeihe dir der Herr, was du gesündigt hast durch Sehen, Hören, Reden, Riechen, Tasten und Tun. Amen." Der am Boden liegende Verwundete schien nun in eine Art Tiefschlaf zu verfallen und man hielt ihn für tot. Aber nach etwa einer Stunde öffnete er die Augen und erwachte zur Überraschung der Umstehenden. Er reckte und streckte alle seine Glieder und bat darauf mit flüsternder Stimme und seligem Lächeln um einen Krug Wasser. Zur Verblüffung der umstehenden Soldaten war der Sterbende ins Leben zurückgekehrt und bedankte sich beim Teufel überschwänglich. Es war ein großes Wunder geschehen. Man wollte den Teufel aufhalten und bat ihn, über Nacht zu bleiben. Dank und Verehrung strömten ihm allseits entgegen. Und ob er nicht auch die anderen, die Leichtverletzten, heilen könne. Dem Teufel wurde es zunehmend mulmig. Wenn sie ihn erkennen sollten, würden sie ihn trotz der Wunderheilung, auf der Stelle festnehmen und wegen Gotteslästerung anklagen und ihn am nächsten Baum aufknüpfen. Also verabschiedete er sich höflich, er habe noch einen weiten Weg bis zum nächsten Kloster vor sich. Aber einige der Männer, welche die ganze Zeit in seiner Nähe standen und das Erweckungsritual skeptisch verfolgt hatten, waren über den Schwefelgeruch, der von dem Franziskaner ausging, befremdet. Irgendetwas schien mit dem fremden Mönch nicht zu stimmen. Man wurde misstrauisch. Ob er einmal das "Vater unser" herbeten könne! Und wo denn sein Rosenkranz geblieben sei? Aus welchem Kloster er stamme. Es sei ja sehr erstaunlich und bewundernswert, dass er den Sterbenden wieder zum Leben erweckt habe. Aber dies seien Wunderheilungen, wie sie allein Jesus vorbehalten seien, und deshalb könne die Heilung des Sterbenden hier nur Teufelswerk gewesen sein. Darin waren sich die Umstehenden bald alle einig. Der Franziskaner, so die einhellige Meinung, könnte möglicherweise mit dem Teufel im Bunde stehen; und um dies zu überprüfen, wolle man an ihm eine Teufelsaustreibung vornehmen. Aber noch bevor man mit diesem Ritual beginnen konnte, hatte der Teufel schnell seine Beine unter die Arme genommen und sich aus dem Staube gemacht und stürzte die Burgtreppe hinunter. Und selbst als er nicht mehr in Sichtweite war, lief er mehrere Kilometer um sein Leben.

Nachdem der Teufel dieser Gefahr entronnen war, atmete er tief und befreit durch. Er setzte sich auf einen Stein und dachte über sein gefahrvolles Erlebnis nach. Wie war es nur möglich, dass zwei christliche Lager, die an ein- und denselben Gott glaubten und in ein- und demselben Land lebten, sich erschießen, erdolchen, erwürgen, foltern und dies alles im Namen Gottes?

Am Ende dieses Krieges werden weite Gebiete Mitteleuropas total verwüstet sein. Mehr als die Hälfte der Bevölkerung wird dahingerafft sein. Und dass er, der Teufel, der als der Böse gilt, mit alldem nichts, aber auch gar nichts zu tun hat! Im Gegenteil, dass er einem von ihnen sogar mit seinen teuflischen Künsten das Leben gerettet hatte.

Der Teufel hatte die Gabe, in die Zukunft zu blicken und da sah er mit Grauen, dass in den folgenden Jahrhunderten die Hölle auf Erden noch viel schauderhaftere Ausmaße annehmen sollte. Und er sehnte sich zurück nach den himmlischen Gefilden, aus denen er ja ganz gegen seinen Willen ehedem verbannt worden war.

Von der Begebenheit wie der Teufel einmal eine Hexe vorm Scheiterhaufen rettete.

Der Teufel befeuerte seine Schritte, überschlug sich fast und rannte um sein Leben, fort aus dem Inferno des Dreißigjährigen Krieges zurück ins 16. Jahrhundert. Aber auch hier ist das Leben nicht erfreulicher. Es sind dies die Zeiten der Hexenverfolgungen, einer weiteren Station des Teufels auf seinen Wanderungen zu den Höllen auf Erden.

Er war bereits in der Frühe aufgebrochen, nachdem er die Nacht wieder einmal abseits auf einem Friedhof geschlafen hatte. Die Sonne brannte ihm schon morgens aufs Gemüt und verwirrte seinen Gedankenfluss. Die Wanderungen der letzten Tage hatten ihn nicht gerade munter gestimmt. Wohin er auch kam, die Menschen hatten die Lektionen ihres christlichen

Lernprogramms der Nächstenliebe längst vergessen und gaben sich mit Leidenschaft all jenen Schlechtigkeiten und Widerwärtigkeiten hin, die sie ihm, dem Teufel, immer wieder so gerne ankreideten. Ob es sich um kleine Privatschweinereien oder um monströse Großverbrechen wie Mord und Totschlag handelte, immer galt der Teufel als der Urheber und Täter. Mit solch depressiven Gedanken wanderte der Teufel müde und verdrossen vor sich hin und kam an einem Bauernhof vorbei, aus dem ein furchteregendes Fluchen, Krachen und Geschrei zu hören war. Und unversehens flog ihm ein abgeschnittener Kalbskopf um die Ohren. Dann sah er, wie eine Frau aus dem Haus hinausstürzte und wie der Bauer laut schimpfend mit einem Knüppel hinter ihr her rannte. Als er sie erreicht hatte, warf er sie zu Boden und schlug sie mit seinem Prügel, bis sie wie tot dalag. Der Teufel war entsetzt und fassungslos. Warum er seine Frau denn so schlage und was der Kalbskopf zu bedeuten habe, stellte er den Bauer zur Rede. Der hatte sich etwas beruhigt und als er zu seiner Erleichterung sah, dass er seine Frau nicht vollends zu Tode geprügelt hatte, machte er seinem Ärger Luft. Seine Frau sei mit dem Teufel im Bunde und verfüge außerdem über den bösen Blick. Und so habe sie mit Hilfe des Teufels das neugeborene Kalb, das völlig gesund war, zu Tode gebracht. Er habe daraufhin das Kalb schlachten müssen, den Kopf abgeschnitten und ihn dann in seiner Wut aus dem Fenster geworfen. Er habe schon lange den Verdacht, dass seine Frau eine Hexe sei. Da müsse man doch nur an die Missernte und die Überschwemmungen im letzten Jahr denken. Das könne alles nur Teufelswerk sein und seine Frau sei inmitten dabei. Grauenvoll!

99

Der Teufel ließ den ungebärdigen Bauern in seiner Wut zurück, setzte seine Wanderung fort und gelangte schließlich in eine süddeutsche Reichsstadt. Und hier herrschte ein reges Quirlen und Treiben, das so gar nicht zu seiner düsteren Stimmung passte. Was denn hier los sei, ob hier Fastnacht gefeiert werde, oder eine Marienprozession zelebriert werde, fragte er einen Mann, der ihm entgegenkam. "Ach was! Unsinn!" Woher er den komme, dass er nicht wisse, dass am nächsten Tag auf dem Marktplatz eine Hexe verbrannt werden solle. Und ein solches blutrünstiges Spektakel wollten sich die Menschen hier und all die anderen, die sogar aus der weiteren Umgebung angereist waren, nicht entgehen lassen. Allseits ließ man der Begeisterung ihren Lauf und war in Hochstimmung. "Eine Hexenverbrennung! Donnerwetter! Das ist ja noch besser als eine ganz normale Hinrichtung!" Und außerdem soll die Hexe ja eine junge hübsche Frau sein. Kaum 20 Jahre alt."

Der Teufel wandte sich wieder seinem Begleiter zu. Ob er ihn zu einem Bier im Gasthof "Zum Löwen" einladen dürfe. "Warum denn nicht." entgegnete der leutselig und so trotteten die beiden ins Wirtshaus. Und dort herrschte schon ein reges Kommen und Gehen, obwohl es noch nicht einmal Mittag war. An dem langen Tisch im Schankraum fanden sie schließlich am Fußende noch zwei Plätze und bestellten Bier.

Einer der am Tisch Sitzenden, der offensichtlich kein Bauer, sondern etwas Besseres war, machte die Biertrinker neugierig und lüstern, als er erzählte, dass er schon einmal an einem Hexenprozess teilgenommen habe. Er hob seinen Bierkrug, prostete den Umsitzenden zu, nahm einen tiefen Schluck aus seinem Krug und gab dann folgenden Bericht: "Ich selbst habe vor einiger Zeit an einem Hexenprozess als richterlicher Beisitzer mitgewirkt. Man hatte eine ältere Frau als Hexe angeklagt. Sie wurde von ihren Nachbarn verdächtigt, dass sie mit ihren Kräutertees Menschen verhext und in Tiere verwandelt habe. Ihre Tees seien aber völlig harmlos und heilten die Menschen vor Erkältungen, wandte die alte Frau vor den Richtern stehend ein. Nichts weiter könne man ihr vorwerfen, schluchzte sie. Die Richter glaubten ihr aber überhaupt nicht. Die alte Frau schwor bei Gott und allen Heiligen, mit all diesen Anschuldigungen nichts zu tun zu haben und beteuerte ganz verzweifelt ihre Unschuld. Doch das wollten die Richter nicht hören. Wenn sie jetzt nicht sofort mit der Wahrheit herausrücke und zugebe, dass sie eine Zauberin sei und mit Hilfe des Teufels Menschen in Tiere verwandeln könne, werde man sie dem peinlichen Verhör unterziehen. Und der Richter legte all die schaurigen Folterwerkzeuge auf den Tisch und erklärte der alten Frau, welche Schmerzen man ihr damit antun könne. Da gab es z.B. die Daumenschrauben, welche die Finger bis auf wenige Millimeter zusammenpressten. Oder man quälte die Angeschuldigten mit den metallenen spanischen Stiefeln, welche die Beine umschlossen und sich mit jeder Umdrehung immer tiefer ins Fleisch schnitten. Oder die Delinquenten wurden auf eine Streckbank gebunden, mit der man minutenlang die Arme und Beine so sehr überdehnte, bis die Gliedmaßen aus ihren Gelenken sprangen. Doch was sollte die alte Frau machen. Sie konnte sich doch nicht zu einem Verbrechen bekennen, das sie niemals begangen hatte.

Der Erzähler im Schankraum machte eine kleine Pause, trank einen ordentlichen Schluck und fuhr mit seiner Hexengeschichte fort. "Und als die alte Frau immer noch heulend den Vorwurf von sich wies, dass sie Menschen in Tiere verwandeln könne, schritten die Richter mit ihren Henkersknechten zur Tat, um der Wahrheitsfindung zu ihrem Recht zu verhelfen. Aber auch unter diesen entsetzlichen Qualen und Schmerzen wies die Frau weiterhin alles zurück. Aber was sollte sie auch tun? Stritt sie alle Vorwürfe ab, so wurde sie solange gefoltert, bis sie die Verbrechen zugab und daraufhin unter dem Gejohle des Pöbels verbrannt wurde. Gab sie die ihr zur Last gelegten Verbrechen aber gleich zu Beginn des Prozesses zu und gestand, mit dem Teufel im Bunde zu stehen, wurden ihr die Folterungen zwar erspart, aber sie wurde dann ebenfalls verbrannt. So oder so. Am Ende des Prozesses stand immer der Scheiterhaufen."

So! Der Bericht des Augenzeugen im Wirtshaus über den Hexenprozess war damit beendet. Einige derer, die da am Tisch saßen, waren von den gruseligen Details der Hexengeschichte einigermaßen mitgenommen. Um wieder zu Kräften zu kommen, bestellten sich alle erst einmal noch ein großes Bier und so gestärkt wandte man sich der Hexenverbrennung am nächsten Morgen zu, der man allseits mit Spannung entgegensah.

Der Teufel war innerlich empört und am Brodeln, weil man ihn in diese abscheuliche Mordmaschinerie hineingezogen und ihn mit all dem Teufelswahn ganz gegen seinen Willen letztlich zur Hauptperson dieser mörderischen Hexenverfolgungen gemacht hatte. Und das Schlimme war dabei, musste der Teufel denken, dass dieser abgrundtiefe Aberglaube bei den Kirchenleuten und bei den weltlichen Obrigkeiten gleichermaßen sein Unwesen trieb. Hinter all diesen Fantasien, dass sich die Hexen auf dem Bocksberg mit dem Teufel sexuell austobten, steckte doch nur die verklemmte Sexualität dieser Männer. "Teufelsbuhlschaft" Welch ein idiotischer Begriff! Er seinesteils hatte noch nie mit einer Hexe Sex betrieben. "Teufelsbuhlschaft! Welch ein Irrsinn!"

Der Teufel lief ziellos durch die Stadt und kam etwas ermattet in eine Kirche, wo er sich in einer der Bänke niederließ. Diesmal war er aber bei den Lutheranern gelandet. Und für den morgigen freudigen Anlass der öffentlichen Hexenverbrennung hatte sich der Pfarrer in seiner Predigt dem Thema "Wie wir die Hexen und Zauberinnen finden und sie dann töten." gewidmet. Und zunächst wolle er selbst keine eigenen Worte machen, sondern er lese aus der Predigt unseres großen Lehrers Dr. Martinus Luther über die Zauberinnen und Hexen der Gemeinde vor. So, jetzt Luther selbst: „Warum nennt das Gesetz hier eher Frauen als Männer, obwohl doch auch Männer dagegen verstoßen? Weil Frauen mehr als jene durch Verführungen dem Satan unterworfen sind. So wie Eva im Paradies. Es ist ein überaus gerechtes Gesetz, dass die Zauberinnen und Hexen getötet werden, denn sie richten viel Schaden an, was bisweilen ignoriert wird; sie können nämlich Milch, Butter und alles aus einem Haus stehlen. Sie können ein Kind verzaubern. Auch können sie geheimnisvolle Krankheiten im menschlichen Knie erzeugen, dass der Körper verzehrt wird. Wenn du solche Frauen siehst, sie haben teuflische Gestalten, ich habe einige gesehen. Deswegen sind sie zu töten. Die Zauberinnen sollen getötet werden; denn sie schaden mannigfaltig. Also sollen sie getötet werden, nicht allein weil sie schaden, sondern auch, weil sie Umgang mit dem Satan haben." Starker Tobak vom berühmten

Reformator Martin Luther. (Predigt vom 6. Mai 1526, Weimarer Ausgabe Band 16, S. 551f.) Das ideologische Futter der Hexenprozesse stammte von der christlichen Kirche. Die praktische Durchführung oblag aber der weltlichen Obrigkeit. Am nächsten Morgen stieg der Teufel von dem Bettenlager unter dem Dach des Gasthauses herunter, nahm ein Frühstück und gelangte schließlich gegen Mittag zum Marktplatz. Und dort hatte man bereits eine Bühne aufgebaut, auf der die städtischen Honoratioren Platz genommen hatten, welche die Hinrichtung überwachten. Unten war bereits von den betrunkenen Henkersknechten der Scheiterhaufen aufgeschichtet worden. Und nun wurde das Opfer, die als Hexe verdächtigte junge Frau auf einer Schinderkarre von einem der Henker herangeschoben und dann an dem Pfahl festgebunden. Als diese ganze abergläubische Prozedur mit einem stupenden Ernst und Ordnungssinn vonstatten ging, wurde es dem Teufel schließlich zu bunt. Er drängelte sich durch die gaffende Menge und erklomm etwas mühselig über die kleine Leiter die Bühne. Und oben angekommen hielt er eine feurige Rede gegen den Teufelswahn. Dass diese junge Frau hier auf dem Scheiterhaufen mit Hexerei nichts, aber auch gar nichts zu tun habe! Und dass sie mitnichten mit dem Teufel im Bunde stehe! Denn, so rief er nun pathetisch über den ganzen Marktplatz, er selbst sei der Teufel. So Gott ihm helfe! Und er könne unter Eid bezeugen, dass er diese Frau in seinem ganzen Leben nicht einmal gesehen habe, geschweige eine sogenannte Teufelsbuhlschaft mit ihr eingegangen sei. Mit seiner Rede drohte der Teufel, den ganzen wohlgeordneten Ablauf der Hexenverbrennung durcheinander zu bringen. Und deshalb schritt nun der Oberrichter ein und wandte sich schreiend und mit erhobener Faust an der Teufel: „Aha, du willst also der Teufel sein. Das ist doch erstunken und erlogen. Sieh dich doch nur einmal an, wie du dastehst. Ganz ohne die Teufelshörner und ohne Pferdefuß. Da lachen ja die Hühner. Du spilleriger elender und lächerlicher Kerl willst der Teufel sein!?" „Und", so fuhr der Richter in drohendem Ton fort, "wenn du nicht sofort verschwindest, wirst du wegen Teufelslästerung festgenommen und angeklagt. Und dann landest du ebenfalls wie diese Hexe hier auf dem Scheiterhaufen! Und zwar sofort!" Der Oberrichter befahl einem der Henkersknechte, den Teufel festzunehmen. Doch im selben Moment verdüsterte sich der Himmel. Es ging ein heftiger Wolkenbruch nieder und Blitze schlugen auf der Tribüne ein. Und einer der Blitze traf den Oberrichter und erschlug ihn auf der Stelle. War dies nun ein Gottesurteil oder gar ein Teufelsurteil? Regennass und von Panik und Angst ergriffen stoben die umstehenden Gaffer, die Henkersknechte und die Offiziellen des Hexenprozesses auseinander. Allein der Teufel stand noch auf der Tribüne und ließ seine Blicke über den menschenleeren Marktplatz schweifen. Lediglich eine einzige Person war zurückgeblieben und das war jene junge Frau, die auf dem Scheiterhaufen festgebunden war. Der Teufel kletterte von der Tribüne herunter, ging zu dem völlig durchnässten Scheiterhaufen und band die vermeintliche Hexe los. Die konnte wegen all der brutalen Folterungen, die sie zuvor erlitten hatte, nicht mehr alleine stehen. Der Teufel stützte sie und schaffte sie auf die Schinderkarre. Dann schob er sie mit dem Karren unbehelligt aus der Stadt hinaus. Und als sie schon weit draußen waren, machte er Halt und sagte sich schmunzelnd: "So ist es doch noch dazu gekommen, dass die 'Hexe' mit dem Teufel im Bunde steht."

Worin erzählt wird, wie der Teufel in einer Fabrikhölle fast zu Tode kam.

Der Teufel war in England im 19. Jahrhundert angekommen und versehentlich wieder einmal in eine Kirche geraten, in der gerade ein Gottesdienst stattfand. Der Pfarrer oben auf der Kanzel hatte sich mit seiner Predigt leidenschaftlich ins Zeug gelegt. Allein ein arbeitsames und fleißiges Leben sei ein Gott wohlgefälliges Leben und nur durch Arbeit öffne sich für den Menschen die Himmelstür. Zum Schluss der Predigt bat der Pfarrer die Gläubigen sich zu erheben und folgendes Gebet nachzusprechen: „Oh mein Gott, mein Gott, schenke mir doch Arbeit und Dienste allezeit! Oh mein Gott, mein Gott, was ist doch die Plage und Beschwerde hier auf Erden köstlich, da sie so große Seligkeit schafft. Oh Gott, ich erkenne deine Güte und ich bitte dich, erlöse mich von bösen Gesinnungen und von Unzufriedenheit mit dir, aber nicht von Arbeit, solange ich lebe auf Erden! Denn je arbeitsamer ich bin, je seliger werde ich sein!"

Nach einer solch großen Dosis christlichen Balsams war der Teufel derartig erschöpft, dass er sich abends in die Sakristei verzog, sich dort im hintersten Winkel auf dem Boden einrollte und in einen tiefen Schlaf versank.

In der Frühe des nächsten Morgens machte er sich auf, setzte seine Mütze auf und wanderte zu den großen Textilfabriken Manchesters. Dort wollte er sich anstellen lassen, um die vom Pfarrer so gepriesenen Wohltaten der Arbeit am eigenen Leibe zu erfahren.

Als der Teufel noch etwas müde vor sich hin schlurfte, wurde er plötzlich lauthals von zwei Männern überholt, die lange Holzstangen mit sich führten. Und mit diesen Stangen klopften sie laut und bedrohlich an die Fenster der Arbeitersiedlung. „Um Gotteswillen, was machen sie denn da? Wollen sie die Fensterscheiben einschlagen?" „Quatsch!" entgegnete einer von ihnen gereizt. „Wir sind das Weckkommando. Wir treiben die faulen Arbeiter aus ihren Betten, damit sie morgens pünktlich zur Arbeit kommen. Denn wenn sie den Beginn der Schicht um 6 Uhr versäumen, werden sie bestraft und es wird ihnen eine ganze Stunde vom Lohn abgezogen." Der Teufel beschleunigte seinen Schritt und erreichte nun das Industriegelände von Manchester. Als er um die Ecke bog, sah er eine alte Frau, die sich zu den Fabriken hinschleppte. Und als er sie überholte, sah er zu seinem Entsetzen, dass es sich nicht um eine alte Frau, sondern um ein junges Mädchen handelte.

Beherzt klopfte er an den Nebeneingang des Hauptgebäudes der Fabrik. Nach einigem Warten öffnete sich das Tor und ein Pferdewagen fuhr hinaus, auf dessen Ladefläche sich ein Sarg befand. Und in dem Sarg lag, wie er später erfuhr, die Leiche eines jungen Arbeiters, der am Vorabend versehentlich in das Getriebe einer Maschine geraten war. Ein Keilriemen hatte ihn erfasst und mehrfach so heftig durch die Luft gewirbelt, dass ihm nahezu sämtliche Knochen gebrochen waren. Er war auf der Stelle tot.

Nachdem dem Teufel von einem Arbeiter diese mörderische Geschichte berichtet worden war, musste er erst einmal schlucken, fasste sich aber dann doch ein Herz und betrat das Fabrikgebäude. Ob er hier arbeiten könne, fragte der Teufel einen der Vorarbeiter. Na klar, gerade sei ja einer seiner Leute mit dem Leichenwagen abtransportiert worden. In der Ecke stand ein gebeugter junger Mann, dem das Greisenalter schon ins Gesicht geschrieben war und dessen rechter Arm fehlte. Ob man denn keine Arbeit für ihn habe, bettelte er. Er sei doch bis zu seinem Unfall immer ein fleißiger Arbeiter gewesen. Der Vorarbeiter schnauzte ihn an, dass er jetzt schon seit drei Tagen jeden Morgen den Betrieb hier aufhalte, er solle sich zum Teufel scheren!

Dann führte er den echten Teufel durch die riesige Fabrikhalle mit ihrem ohrenbetäubenden Lärm hin zu den gigantischen Baumwollspinnmaschinen. Und dort stellte ihn der Vorarbeiter hin und gab ihm Arbeitsanweisungen. Große körperliche Kraft müsse er hier nicht aufbringen, da die Maschinen ja nun von einer Dampfmaschine am Laufen gehalten würden. Er müsse die Maschine allerdings gewissenhaft beaufsichtigen und bei Störungen sofort eingreifen und z. B. zerrissene Fäden wieder anknüpfen. Nachdem sich der Teufel eingearbeitet hatte, musste er denken, dass diese Arbeit an den Maschinen weiß Gott nicht „köstlich sei und dem Arbeiter große Seligkeit verschaffe", wie der Pfarrer gepredigt hatte. Ganz im Gegenteil, es sei eine einzige riesige Hölle der Schmerzen und der Langeweile. Es sei ja nichts anderes als ein Lebendigbegrabenwerden in der Fabrik und dieses pausenlose Achtgeben auf die unermüdliche Maschine, in die er selbst einmal fast hineingeraten wäre, sei eine einzige Tortur, die alle Höllenvorstellungen überbiete. Denn nichts sei widerlicher als von morgens bis abends etwas tun zu müssen, was einem widerstrebt und eine immerwährende Qual bereitet. Es gab aber noch Schlimmeres. Der Teufel hatte noch nicht die Fließbandarbeit in den Automobilfabriken von Henry Ford und die heutigen Textilfabriken in Bangladesch kennengelernt.

Aber er, der Teufel, war ja nur zu Besuch gekommen und konnte jederzeit wieder gehen. Aber wie stand es mit diesen Menschensklaven? Krankheiten und Verkrüppelungen sind im Arbeitsalltag auf der Tagesordnung. Immer wieder gibt es Arbeitsunfälle, die dadurch hervorgerufen werden, dass die Arbeiter zwischen den Maschinen hantieren müssen. Da wird schon mal ein Finger abgequetscht oder aber ein ganzer Arm von der Maschinerie ergriffen und zermalmt. In einem zeitgenössischen Bericht hierzu ist zu lesen. „Die gefährlichsten Stellen der Maschinerie sind aber die Riemen, welche die Triebkraft auf die einzelnen Maschinen leiten. Wer von diesen Riemen ergriffen wird, den reißt die treibende Kraft pfeilschnell mit sich herum, schlägt ihn oben gegen die Decke und unten gegen den Fußboden mit solcher Gewalt, dass selten ein Knochen am Körper ganz bleibt und augenblicklicher Tod erfolgt." (zit. nach Engels MEW 2 S.387) Als der Teufel all diesen Horror mit Schaudern sah, musste er an die Qualen denken, die von den Pfarrern über die Hölle erzählt werden; die Ähnlichkeiten waren unübersehbar. Auch hier herrschte ein mörderischer Lärm und die Insassen resp. Arbeiter schufteten in unerträglicher Hitze. Und machte man auch nur den kleinsten Fehler, wurde man unmittelbar und schmerzhaft mit dem Tode bestraft, indem ein Treibriemen einem um die Ohren flog. Einen großen Unterschied gab es aber doch: Die in der Hölle schmorenden Menschen hatten in ihrem Leben eine oder mehrere Sünden begangen - jedenfalls nach dem

Die Würde des Teufels
ist unantastbar

Urteil der katholischen Kirche. Die Frauen, Kinder und Männer in der Hölle der Fabrik hatten sich dagegen nichts zu Schulden kommen lassen. Ihr einziges Vergehen bestand darin, dass sie leben wollten. Und um leben zu können, mussten sie tagein, tagaus 12 bis 14 Stunden von früh bis spät in der Fabrikhölle ihr Leben hingeben. Und dies begann schon bei den kleinen Kindern, die in den Textilfabriken deshalb von den Fabrikanten so gerne eingesetzt wurden, weil sie aufgrund ihrer geringen Körpergröße gut unter den Maschinen arbeiten konnten.

Eine Arbeiterin erzählte unter Tränen wie morgens Aufseher mit Gewalt in ihre Wohnung eingedrungen waren und ihre Kinder nackt aus dem Bette geholt, sie mit den Kleidern auf dem Arm unter Schlägen und Tritten in die Fabrik gejagt hatten und wie sie ihnen den Schlaf mit Schlägen ausgetrieben hatten. Ein zweiter Arbeiter berichtete wütend, wie die Kinder dann trotzdem über der Arbeit eingeschlafen, wie ein armes Kind noch im Schlaf, und nachdem die Maschine stillgesetzt war, auf den Zuruf des Aufsehers aufsprang und mit geschlossenen Augen die Handgriffe seiner Arbeit ausführte. Und wenn die Kinder nach Hause kamen, waren sie so erschöpft, dass sie vor Müdigkeit ihr Abendbrot nicht essen konnten. (Engels S. 388f.)

Am nächsten Morgen um 6 Uhr ging die Tortur dann von neuem los. Sechs Tage in der Woche. Die Arbeit der Kinder bestand darin, unter die Spinnmaschinen zu kriechen, um die herabfallenden Fasern wegzuschaffen. Und dabei mussten sie sich beeilen und sehr schnell arbeiten, weil nur wenige Sekunden später die Spulenreihe zurückfährt und den gesponnenen Faden aufwickelt. Kommen die Kinder nicht rechtzeitig

111

heraus, werden sie unweigerlich zwischen der heran-
rasenden Maschinenreihe und dem Maschinengestell
zerquetscht.

Nach dem Ende der Schicht war der Teufel völlig
ausgelaugt und machte sich auf zu seiner Herberge.
Und auf seinem Weg dorthin traf er immer wieder
Krüppel und verstümmelte Arbeiter. Dem einen fehlt
der ganze oder der halbe Arm, dem anderen der Fuß,
dem Dritten ein halbes Bein; „man glaubt unter einer
Armee zu leben, die eben aus dem Feldzug zurück-
kommt." (Engels 386f.)

Als der Teufel in seiner Herberge ermüdet angekommen war, trank er erst einmal ein Bier. Auf dem Tisch
lag ein Stapel des „Manchester Guardian" und hier las
der Teufel über die letzten größeren Unglücksfälle in
den Fabriken von Manchester.

15.Juni: Ein Junge aus Saddleworth wurde von einem
Rad ergriffen und mitgerissen; er starb, vollkommen
zerschmettert.

29. Juni: Ein junger Mann in Greenacres Moor bei
Manchester, der in einer Maschinenfabrik arbeitete,
geriet unter einen Schleifstein, der ihm zwei Rippen
zerbrach und ihn zerfleischte.

24. Juli: Ein Mädchen in Oldham starb, von einem Riemen fünfzigmal mit herumgerissen, kein Knochen
blieb ganz.

27.Juli: In Manchester geriet ein Mädchen in einen
Blower (die erste Maschine welche die rohe Baumwol-
le aufnimmt) und starb an den erlittenen Verstümmelungen.

3.August: Ein Spulendrechsler starb in einer Fabrik in
Dukinfield von einem Riemen fortgerissen, alle Rippen waren zerbrochen.

Das Krankenhaus von Manchester hatte im Jahre 1843 allein 962 Verwundungen und Verstümmelungen zu versorgen.

Der Teufel trank sein Bier aus, stieg die Treppe hinauf zu seiner Schlafstätte und betete zu Gott, dass er von all dem Grauen des Tages nicht träumen möge.

Wie der Teufel einmal auf einem Marktplatz seinen Doppelgänger traf.

Der Teufel wanderte zurück ins 16. Jahrhundert, hinein in die verwinkelten Gassen der Altstadt von Merzhausen und kam zum Marktplatz. Und dort bot sich ihm ein wunderliches Schauspiel. Auf einer Tribüne stand eine merkwürdige Erscheinung, die von den umstehenden Massen bestaunt und begafft wurde. Es war eine Teufelsgestalt mit all den typischen Eigenschaften, den Hörnern und dem Klumpfuß. Mit feuriger Rede predigte und drohte er mit den Höllenqualen für all diejenigen, die sich weigerten, ein gottgefälliges Leben zu führen. Wer sich nicht an die zehn Gebote halte und sich den Todsünden hingebe, werde dereinst in der Hölle brutal bestraft werden. Wer in seinem Leben die Ehe gebrochen und sich mit anderen Weibern verlustiert habe, und auch wer sich der Trunksucht ergeben habe, werde in der Hölle gebraten. Nicht ein Jahr, nicht zehn Jahre lang, sondern Millionen Jahre, bis in alle Ewigkeit.

Unten auf dem Marktplatz stand unser Teufel neben einem jesuitischen Pater und den fragte er, was es mit diesem Spektakel da oben für eine Bewandtnis habe. Der Pater antwortete, dies sei eine Veranstaltung des

Jesuitenordens in Zusammenarbeit mit dem katholischen Erzbistum, um dem allgemeinen Sittenverfall und Glaubensschwund Einhalt zu gebieten. Die Massen scherten sich einen Dreck um unsere christliche Religion. Die meisten ließen Gott einen alten tatterigen Greis sein, und vollends ermangele es an frommen Gebeten in dieser gottlosen Zeit. Und sonntags gingen sie lieber ins Wirtshaus als in die Kirche.

Um dem Einhalt zu gebieten, hatte sich die Kirche zu einem ungewöhnlichen Schritt entschlossen und von einer Theatergruppe einen Schauspieler ausgeliehen, der den Teufel verkörpern sollte. Der Teufel stand damals im 16. Jahrhundert hoch im Kurs und war in aller Munde. Es gab eine regelrechte Teufelsepidemie. Der Leibhaftige mit all seinen Unterteufeln hatte in der damaligen Zeit zwar seine universelle Wucht eingebüßt, dafür war er aber allgegenwärtig. Für jede schlechte menschliche Eigenschaft und Unart gab es einen Spezialteufel, den Fluchteufel, den Faulteufel, den Neidteufel u.a.(vgl. Kapitel II) Der evangelische Pastor Martin Borrhaus (1499-1564) hatte ausgerechnet, dass es auf der Welt 2.665.866.746.664 Teufel gibt. (in Worten: 2 Billionen 665 Milliarden usw.) Und auch Martin Luther hatte ja bekanntlich einen wesentlichen Beitrag zur Popularität des Teufels beigetragen. Man denke nur an die berühmte (aber erfundene) Geschichte mit dem Tintenfass auf der Wartburg. Diese Popularität des Teufels wollte sich die Kirche nun mit ihrem Teufelstheater auf dem Marktplatz zunutze machen.

Der zum Teufel erwählte Schauspieler war zunächst zum Maskenbildner geschickt worden, der ihm einen Kopf mit Hörnern und einer wilden Teufelsmaske anfertigte. Und so wurden ihm all die Teufelsrequisiten verpasst und damit genau das Aussehen des Teufels geschaffen, wie die Menschen sich auch heute noch den Teufel gerne vorstellen. Eben wie im Kasperletheater. "Warum habt ihr", fragte unser Teufel den Jesuitenpater, "denn einen Schauspieler als Teufelsdarsteller und keinen Kirchenmenschen aus euren eigenen Reihen ausgesucht?" "Das ist ganz einfach erklärt," erwiderte der Pater: "Wenn wir den Schauspieler oben auf die Bühne setzen, so ist dies natürlich wirkungsvoller, als wenn wir dort droben einen langweiligen Popen postieren würden. Den kennen sie ja alle vom sonntäglichen Gottesdienst mit seinen öden moralinsauren Predigten. Der Teufel auf dem Marktplatz hier dagegen ist eine Attraktion. Manche gruseln sich ein bisschen bei seinem Anblick und gewissensklamm eilen sie zum reuigen Gebet nach Hause."

Doch zurück zum Marktplatz. Dieser Schauspieler da oben auf der Bühne wollte ursprünglich eine theologische Laufbahn einschlagen. Als Kind war er zunächst Ministrant in der örtlichen Kirchengemeinde. Allerdings hatten die Zudringlichkeiten des Priesters seine Eltern bewogen, ihn aus diesem kirchlichen Dienst herauszunehmen. Als er älter war, ist er dann zum Theater gegangen. Nicht zuletzt wegen der bunten Kostüme, die er ja schon von der katholischen Kirche kannte. Früher hatte er sich vorm Teufel gefürchtet, aber nachdem er selbst öfter in Theaterstücken den Teufel dargestellt hatte, war der auf ein menschliches Normalmaß zusammengeschrumpft. Und irgendwann ist er ja im Volksmund tatsächlich zum „Armen Teufel" verkommen.

Der Auftrag des Schauspielerteufels bestand nun darin, der gaffenden Menge fromme Sprüche auf kleinen Zettelchen zu verteilen, die von dem Jesuiten vorbereitet worden waren. Auf diesen zusammengefalteten Papierchen waren typische Sünden notiert. Gotteslästerung, Diebstahl, Ehebruch, Fluchen, den Gottesdienst schwänzen u.s.w.. Und für jede einzelne Sünde war die Höhe der Höllenstrafe auf dem Zettel aufgeschrieben. Worte sind bekanntlich nur Schall und Rauch, aber ein Sündenzettel in der Tasche oder auch als Lesezeichen für die heimische Bibel wird nicht so leicht vergessen.

Doch dieses Konzept stieß auf Widerstände. Denn am Tag zuvor hatte auf dem Marktplatz bereits eine solche Teufelsvorführung stattgefunden und es hatte sich herumgesprochen, dass der da oben auf der Tribüne nur ein teufelsverkleideter Schauspieler war und nicht einmal im Entferntesten dem Hofstaat des Teufels angehörte. Und insofern war es nicht verwunderlich, dass sich die unten stehenden Leute verblödet vorkamen. Am kommenden Tag hatten sich einige auf dem Marktplatz mit selbstgebastelten Teufelsmasken eingefunden; andere hatten sich mit Tomaten und rohen Eiern munitioniert und brüllten „Wir wollen den echten Teufel haben!" Und gerade als der falsche Teufel ihnen ihre Sünden vordeklamieren und die Sündenzettel verteilen wollte, gingen sie mit ihren Wurfgeschossen zum Angriff über. Einige Mutige kletterten auf die Bühne und rissen dem Teufelsdarsteller die Teufelsmaske mit samt den Hörnern vom Gesicht, verprügelten ihn und riefen ihm nach „Hol dich der Teufel und geh' zur Hölle, du Lump!" Der Teufelsschauspieler riss sich los, sprang in Panik von der Tribüne und suchte das Weite. Den jesuitischen Lohn für seine Teufelsvorführung wollte er gar nicht erst abwarten. Und bei alldem schlug unser Teufel, der sich in seinem schlechtsitzenden Anzug in der gaffenden

Menge versteckt hielt, drei Kreuze und war heilfroh, dass man ihn trotz seines Schwefelgeruchs nicht erkannt hatte. Und auch der Jesuit hielt es nach diesem etwas missratenen Versuch, die christlichen Gebote unters Volk zu bringen, für angebracht, einige Zeit aus der Stadt zu verschwinden.

Worin berichtet wird, wie ein Pfarrer seiner Gemeinde mit dem Grauen und Horror der Hölle drohte.

Wir befinden uns nun am Anfang des 19. Jahrhunderts. Es ist Sonntagmorgen in der Kleinstadt. Was soll man da bloß tun? Die Wirtshäuser öffnen aus Gründen der Moral erst um 12 Uhr. Da blieb dem Teufel nichts anderes übrig, als eine Kirche anzusteuern und dort den sonntäglichen Gottesdienst über sich ergehen zu lassen. Die Kirchenbänke waren fast vollständig mit inbrünstigen Gläubigen besetzt. Man befand sich hier eben in einer frommen, gottesgläubigen katholischen Gegend. Der Teufel schlich sich an einen freien Platz in einer der hinteren Reihen heran und und machte es sich bequem.

Der Gottesdienst war schon voll im Gange. Die Orgel hatte bereits gespielt und die Gemeinde hatte das „Vater unser..." gebetet. „Erlöse uns von dem Bösen" Dem Teufel lief es da kalt den Rücken herunter.

Höhepunkt des Gottesdienstes bildete die Predigt des Pfarrers, die im Folgenden fast wörtlich wiedergegeben wird. Im Mittelpunkt der Predigt dieses riesigen Mannes mit Stentorstimme stand die Hölle. Und da unser Teufel ja selbst nie in der Hölle war, war er ausgesprochen neugierig. Die Stimme des Pfarrers durchdröhnte das gesamte Kirchenschiff und er ging zunächst heftig mit den ungläubigen, gottlosen Rationalisten und Aufklärern ins Gericht, um dann das Grauen und die Qualen der Hölle zu beschwören. „Ach! würde mancher von den Millionen Ungläubigen, die sich aufgeklärt nennen, wenn er jetzt hörte, dass ich von der Hölle zu euch rede, ausrufen: Das ist ja wieder die Verdummung der Katholiken, denen ihre Priester noch von der Hölle predigen! Darüber ist man doch in unseren aufgeklärten Zeiten hinweg, über die Hölle; daran glaubt kein gebildeter Mensch mehr! Nun, geliebte Christen! Wir wollen jenen Ungläubigen, jenen Aufgeklärten ihre Aufgeklärtheit lassen; vielleicht werden sie, wovor sie Gott behüten wolle, in der Hölle an die Hölle glauben."

"Und wer eine Todsünde begangen hat, was auch immer er verbrochen hat, ob als Ehebrecher oder Dieb, ob als ein Rachsüchtiger oder Trunkenbold, alle werden den ewigen Strafen nicht entgehen. Zu diesen Todsündern gehörst du, Ungläubiger; denn Jesus, die ewige Wahrheit, sagt selbst: 'Wer nicht glaubt, der wird verdammt werden!'"

Mitten in der Predigt stand plötzlich einer aus dem Kirchengestühl auf, schritt nach vorne zum Altar, ergriff die große Bibel und schlug sie dem Priester auf den Kopf. Der brach zusammen, erlitt aber nur eine leichte Benommenheit und konnte sich wieder erheben. Der Täter wurde von zwei stämmigen Gemeindemännern festgenommen und verhört. Er sei Mitglied der „Subversiven Aktion" und seines Zeichens Atheist, gab er unumwunden zu verstehen. Die umstehenden Gläubigen waren empört. „Subversive Aktion" was soll das denn sein? Ist doch quatsch! Ich

Ich sehe keine Hölle.

sage euch, das ist der Teufel höchstselbst" brüllte einer der Umstehenden. "Und wir sollten ihn sofort und hier in der Kirche kreuzigen!" Doch hierzu ist es dann doch nicht gekommen, weil inzwischen die Polizei eintraf und den Bibelschläger festnahm.

Nach diesem unerfreulichen Zwischenfall setzte der Pfarrer seine Predigt fort: "O Todsünder! bedenke darum, welches Los du in Ewigkeit zu erwarten hast: nichts Anderes, sage ich als die Hölle. Und ach! wie furchtbar, wie entsetzlich ist diese Strafe der Hölle?! Hinweg von mir, ihr Verfluchten, in das ewige Feuer! Ein Feuer! Ein ewiges Feuer! Schaue hinein verstockter Sünder! und siehe den entsetzlichen Höllenabgrund. Blicke hin, wohin du willst: überall Feuer; eile wohin du willst: überall Feuer - suche einen Ausgang; keiner zu finden; nur Feuer; - suche ein wenig Linderung; keine zu hoffen; nur Feuer;- strecke deine Arme aus und rufe und seufze: 'Ach Vater Abraham! erbarme dich meiner; ich leide entsetzliche Qual in diesen Flammen; kein Erbarmen zu finden; nur Feuer.- Auf, Sünder! eile zu deinen Sündengenossen und suche Trost; kein Trost zu finden; eile zu denen, welche dich zur Sünde verführt und suche Hilfe; keine Hilfe zu finden - eile zu dem Teufel, dem du in der Sünde gedient, und fordere einen Gegendienst, fordere Befreiung; keine Befreiung zu finden; nur Martern und Qualen. Und was für Martern und Qualen! Solche, dass der Prophet Jesaja ausruft 'Wer von euch wird wohnen können in diesem alles verzehrenden Feuer?'

Eine Marter, eine Qual, von welcher der reiche Prasser in der Hölle selbst bezeugt: 'Ich leide große Pein in diesen Flammen'; eine Marter, eine Qual, in welcher die Verdammten heulen und mit den Zähnen knirschen werden. Und wie lange wird diese Marter, diese

Qual dauern? Ewig! Ewig lebt die Seele! Ewig brennt das Höllenfeuer! ewig währt die Höllenqual! 'Hinweg! hat der Richter gesprochen, 'hinweg du Verfluchter, in das ewige Feuer!'
 Hinweg in das ewige Feuer, wo der Wurm nicht stirbt; hinweg an den Qualenort, wo das Feuer nicht erlischt! - Wie steht es dann um den Sünder, wenn dieses Urteil gesprochen? - Er brennt im Feuer! Wie steht es um ihn nach hundert Jahren? Er brennt im Feuer! Wie steht es um ihn nach Millionen Jahren? Er brennt im Feuer! Oh fragen wir nicht weiter; denn möchten wir die ganze Ewigkeit fragen: Immer würde es heißen: der Verdammte brennt im Höllenfeuer! Oh Ewigkeit, Oh Ewigkeit! wie lange dauerst du? Und die Verdammten rufen: 'Ewig!'- Oh Ewigkeit, Oh Ewigkeit! wie viele Jahre zählest du?' Und die Verdammten rufen 'Ewig!' 'Oh Ewigkeit, Oh Ewigkeit! wie lange marterst du? Und die Verdammten heulen 'Ewig' - Oh Ewigkeit! Oh furchtbare Ewigkeit!! Oh entsetzliche Ewigkeit in der Hölle!!! Oh entsetzliche Ewigkeit in der Hölle für eine einzige Todsünde!!!!---- Oh Gott! barmherziger Gott! bewahre mich doch vor der Todsünde! Amen!"

Der Teufel war wie erschlagen von solchen leidenschaftlichen Beschwörungen der Höllenqualen und hoffte auf ein Ende dieser schrecklichen Horrorszenarien. Doch der Pfarrer fuhr in seiner Predigt mit neuerlichen Drohungen unvermindert fort: "Es ist die Hölle eigentlich der Peinkerker, der in sich schließet alles, was immer zur Pein dienen kann! Wahr ist, dass es auf Erden grausame Werkzeuge gibt, die Menschen zu peinigen, aber diese sind den höllischen Marterzeugen bei weitem nicht gleich. Ich weiß auch, dass der Verstand der Tyrannen sinnreich gewesen ist, Torturen zu erdenken und unmenschliche Grausamkeiten an den Blutzeugen auszuüben. Sie sind aber nur ein Schatten verglichen mit den höllischen Peinigungen.

Wenn wir an die Hölle denken, so denken wir an die Zangen und Haken, an die feurigen Platten und Kohlen, an die kochenden Kessel und brennenden Scheiterhaufen, an die eisernen Ruten und Schwerter, an die Galgen und Räder, womit die Leiber der heiligen Märtyrer gequält und bis zum Tode gefoltert wurden. Die Hölle hat aber ganz andere Qualen, sie übersteigen unseren Verstand."

Der Pfarrer hatte sich derartig in Rage aber auch fast schon in Verzückung beim Ausmalen der Höllenqualen geredet, dass man meinen konnte, er sei selbst schon dort gewesen.

Unserem Teufel reichte es. Die Predigt hatte ihn stark mitgenommen. Gut dass er bei seinem Himmelssturz nicht in der Hölle, sondern im Nördlinger Ries gelandet war. Er verließ die Kirche und torkelte in ein Wirtshaus, wo er mehr Wein trank, als ihm bekam. Und als er zu randalieren anfing, warf der Wirt ihn kurzerhand hinaus.

Warum das Gewissen noch ärger als die Höllenqualen an den Seelen der Menschen nagt.

Jetzt hatte sich der Teufel doch schon wieder in eine Kirche verirrt und er fühlte sich dort inzwischen sogar recht heimisch. An sich wollte er ja nur den Messwein in der Sakristei probieren. Aber zu seiner Überraschung war in diesem überfüllten Gotteshaus gerade eine Messe im Gange. Der Pfarrer hatte sich vorne am

Altar aufgebaut. Die Orgel gab ihren letzten Seufzer von sich und allmählich beendete auch die Gemeinde auf den hinteren Bänken das Murmeln. Und es wurde ganz still, als der Pfarrer mit seiner Predigt begann. Und die handelte von einem Thema, das jedem einzelnen der Gemeinde buchstäblich auf der Seele brannte: Dem Gewissen.

Traditionell war die Hölle mit all ihren entsetzlichen Qualen das Drohmittel, um freche Sünder zur Ordnung zu rufen. Als aber der Glaube an eine real existierende Hölle etwas zu verblassen drohte, trat das Gewissen hinzu, das in die Menschen gleichsam wie ein Strafgericht nach innen verlagert ist. Das Gewissen erspart dem Staat mithin viele Arbeitsplätze im Justizwesen. Denn ein schlechtes Gewissen benötigt keinen Kläger. Jeder Mensch ist sein Selbstankläger und trägt ein dickes und schweres Strafgesetzbuch unterm Arm mit sich herum. Und was darin geschrieben steht, stammt allerdings nicht von ihm.

Der Pfarrer redete nicht lange um den heißen Brei herum, sondern beschwor mit drohenden Worten die Gewissensqualen der Sünder. „Das Gewissen tritt, wie ein unsichtbarer Strafengel in die Mitte und zündet den Funken der Hölle an, der in ihm glimmt, dass er in die Angstgefühle der Selbstbeschämung, der schmerzlichsten Erinnerung an seine Vergehungen auflodert. Es ergreift den Verbrecher, wohin er immer fliehen und sich retten will. Aber je später das Gewissen erwacht, desto schlimmer sind die Qualen." Dem Teufel wurde es ganz blümerant zumute bei solch schaurigen Reden.

Der Pfarrer hielt in seiner Predigt einen Moment inne und es ging ein Seufzen durch das Kirchenschiff. Währenddessen hatte sich der Gottesmann zu einer weiteren Attacke gegen das gewissenlose Kirchenvolk gerüstet. "Die Natter unseres Gewissens gibt keine Ruhe und ist nicht damit zufrieden, den Sünder mit einem schmerzhaften Biss verwundet zu haben, sondern das Beißen und Nagen wird ständig fortgesetzt. Immerdar schreit dieses Untier 'Was hast du getan?', sodass ein Sünder vom ersten Augenblick der Sünde an nimmermehr ohne Furcht vor den zeitlichen und ewigen Strafen ist."

Das Gewissen im Hier und Jetzt ist die Fortsetzung der Hölle mit anderen, noch raffinierteren Mitteln. Denn die Hölle befindet sich ja als Drohort in weiter Ferne und wird erst am Ende des Lebens betreten. Erst nach dem Tode wird der sündige Mensch in die Hölle mit ihren grausamen Quälmechanismen verfrachtet. Das Gewissen dagegen ist der allgegenwärtige Quälgeist bereits auf Erden. "Die Sünder befinden sich auch noch zur Zeit, in der sie leben, in der Hölle. Nämlich ihre Hölle ist ihr böses Gewissen."

Der Pfarrer verbreitet jetzt aber mit mildem Blick der Gemeinde ein wenig Zuversicht. Denn solange ich meine Gewissensqual noch spüre, bin ich noch nicht gänzlich verloren. "Denn das Gewissen antwortet uns und fordert uns auf, unsere Sünden zu bereuen und damit Gottes Vergebung zu erlangen."

Neben diesen mit ihren Gewissensqualen hadernden Menschen gibt es aber auch jene, die sich partout nichts vorzuwerfen haben. Aber kann es solche mit einem runden und guten Gewissen geschmückte Exemplare wirklich geben? Doch, es gibt sie und ihr Lebensmotto lautet "Ein gutes Gewissen, ist ein sanftes Ruhekissen" Oftmals ist dies der Ausdruck spießbürgerlicher Zufriedenheit, in der man im Leben alles richtig gemacht hat. Es sind jene, die in der Gewissensschule in der ersten Reihe sitzen und grundsätzlich immer nur Einser schreiben, aber ihre Nachbarn nicht abschreiben lassen. Und wer in seinem Notenheft immer nur die Bestnoten zu stehen hat, kommt ohne weiteres und ohne jede Gewissensprüfung und jeden Umweg direkt in den Himmel.

Der Priester hält in seiner Predigt inne und holt aus den Innereien seines Talars ein riesiges weißes Taschentuch hervor und schwenkt es. "Dieses Taschentuch gleicht dem Gewissen." verkündet er der staunenden Gemeinde. "Wenn ich mich hinein- schneuze, so ist es befleckt und schmutzig und ich muss es waschen. Und ebenso müsst ihr euer Gewissen waschen. Und dies tut ihr am besten, wenn ihr regelmäßig zur Beichte geht und eure Sünden reuig bekennt." Es gibt aber auch solche Menschen, die sich in das makellose weiße Taschentuch hineinschneuzen und es dann achtlos fortwerfen. Und dies ist der Fall bei jenen sündigen Exemplaren, denen das Gewissen vollkommen abhanden gekommen und schnurzegal ist. Sie sündigen drauflos und scheren sich nicht um die Strafen und auch nicht um sogenannte Kollateralschäden für andere Menschen. Es gibt da Vertreter, die den Kampf mit ihrem Gewissen einstweilen rigoros beendet und für Appelle an die Moral nur einen Fußtritt übrig haben. Und Vorhaltungen über ihren schändlichen Lebensstil lassen sie weder an ihre Ohren noch in ihre Seele dringen. Es hurt und mordet einer, was das Zeug hält, und auch am Ende seines Lebens, auf dem Totenbett, zeigt er keine Reue oder ein schlechtes Gewissen. Dies ist die berühmte Geschichte vom hemmungslosen Wüstling mit Namen Don Juan, den die Drohungen mit der Hölle nicht im geringsten beeindruckten. Das Gewissen oder Gewissensbisse waren

125

ihm schon sein Leben lang fremd. Und auch wenn er andere Menschen bestohlen oder gar ermordet hat, zeigt er keine Reue. Diese Spezies des skrupellosen, verbrecherischen und gewissenlosen Menschen treibt auf unserer Welt immer wieder ihr Unwesen.

Doch verbreiteter sind jene mittelmäßigen Sünder, welche zwar frevelhaft handeln aber darüber von ihrem schlechten Gewissen gequält werden, über die ich schon berichtet habe. Sie sind sich ihrer Untaten oder ihres liederlichen Lebenswandels voll bewusst und sind reuig.

Eines ist dem bösen Gewissen mit der Hölle gemeinsam. Gleichwie in der Hölle keine Unterbrechung stattfindet, sondern die Schmerzen unaufhörlich fortdauern, so hat auch ein sündiges Gewissen niemals Ruhe. Der Pfarrer wird nicht müde, immer neue Gewissensqualen seiner Gemeinde vorzudrohen und erfindet hierzu immer grauslichere Bilder. "Das Gewissen nagt nämlich wie ein nie sterbender Wurm beständig an ihrem Herzen und zehrt wie ein unauslöschliches Feuer beständig am innersten Lebenskeime. Das Gewissen bereitet ihnen in diesem Zustand unaufhörlich die bittersten Vorwürfe über ihr vernunftwidriges, unchristliches Betragen. Über ihre Lieblosigkeit gegen Gott, den Nächsten und sich selbst." Und weiter: "Der Donner der göttlichen Gerechtigkeit rollt unaufhörlich über seinem Haupte und ewig schreit es aus ihm: Du bist allein die Ursache deines Unglücks und all deines Elends."

Gelegentlich wirkten die Reden, als sei der Pfarrer von einem sadistischen Impuls getrieben. "Das böse Gewissen aber, jener Schreckensmann, der keinem Gottlosen von der Seite weicht, verfolgt ihn, wohin auch immer er flieht. Das böse Gewissen ist ein brutaler Biss. Sie ist ein Wurm, der nicht stirbt und ein grausamer Geier, der die Eingeweide frisst." Ach Herrjemine! Die fromme Litanei nimmt kein Ende!

Der gewissenlose Sünder wird bäuchlings auf einer Strafbank festgeschnallt und es werden ihm all seine schlechten Taten und Sünden mit spitzen Messern in seinen Rücken eingraviert bis er schließlich zu Tode kommt.

Unser Teufel sitzt auf einer der hinteren Bänke und es wird ihm bang, dass er an seinem Schwefelgeruch erkannt werden könnte. Deshalb steht er von seinem Platz am Ende der Sitzbank auf und will sich vorsichtshalber im Beichtstuhl verkriechen. Doch dorthin hatte sich bereits ein anderer Kirchgänger verzogen, dem dieser ganze Gottesdienst offensichtlich zu nervenaufreibend geworden war und der die Zeit nutzen wollte, um das Beichten zu üben.

Und so blieb dem Teufel einstweilen nichts anderes übrig als auf seinen Platz zurückzukehren und sich weiter dem Redeschwall des Priesters auszusetzen und dessen Predigt bis zum bitteren Ende über sich ergehen zu lassen.

Manchen der Gläubigen war dieses Gewissensdonnerwetter des Pfarrers denn doch zu viel und unter den strafenden Blicken der verharrenden Gläubigen schlichen sie aus der Kirche. Und so hatten sie genau das, worum es in der Predigt ging: Ein schlechtes Gewissen.

Nachdem der Pfarrer seinen Ärger über die Flucht einiger seiner Schäfchen hinuntergeschluckt hatte, gab er den Verbliebenen noch einmal ordentlich Zunder und fasste seine Predigt zusammen: "Das Gewissen ist die Merktafel des Menschen, des Sünders Schuldenbuch. Was kein Auge sieht, erspäht das Gewissen, und

Gewissensqualen

was kein weltlicher Richterstuhl ahndet, straft unerbittlich strenge dieser innere Richter." "Das Gewissen" so fährt er unverdrossen fort "ist für den unverbesserlichen Sünder ein Gottesgericht auf Erden, schon eine Hölle im Busen des Gottlosen, ein Vorspiel der ewigen Gerichte und Qualen. Es brennt schon darinnen ein zehrendes Feuer; und mit diesem nagenden Wurm und mit diesem Feuer legt sich der Mensch auf das Sterbebett und geht in die Ewigkeit über. Das Gewissen ist, wie die heiligen Väter sagen, des Menschen Henker" Amen

Die Gläubigen erheben sich mit zitternden Knien von ihren Sitzen und verlassen fröstelnd das Gotteshaus.

Und auch unser Teufel muss erst einmal frische Luft schnappen, um wieder zur Besinnung zu kommen. Und nach dieser Predigt wird ihm klar, dass er, der Teufel, angesichts der Allmacht des Gewissens als strafender Quälgeist endgültig ausgedient hat. Und wenn er sich als Teufel noch im Amt befunden hätte, wäre er längst arbeitslos geworden. Denn das Gewissen ist ja heutzutage auch ohne Kirche und Teufelsdrohungen allgegenwärtig, so dass ein berühmter Philosoph aus Frankfurt einmal schreiben konnte, dass das Gewissen "das Schandmal der unfreien Gesellschaft" sei. Und so laufen wir denn bekümmert oder gehetzt mit dem modernen Gewissen, unseren ewigen To-do-Listen, in der Welt herum und sind unentwegt dabei Soll- und Istwert unseres täglichen Handelns abzugleichen und zu korrigieren. Und in dieser Disziplin haben es besonders jene sogenannten Kontrollfreaks und Zwangscharaktere zu einer unübertroffenen Meisterschaft gebracht. Sind sie womöglich vom Teufel besessen?

Wie der Teufel einmal eine Gemäldegalerie
besuchte und dort die Schrecken der Hölle
besichtigte.

Es regnet draußen und deshalb flüchtet der Teufel in ein Museum. Und dies trifft sich gut, weil hier seit einiger Zeit eine umfangreiche Ausstellung über die Hölle gezeigt wird. Und da der Teufel - wie schon mehrfach betont - die Hölle selbst nie von innen kennengelernt hat, betritt er nun voller Neugier und der gebotenen Zurückhaltung die erste Halle. Auf dem Gemälde eines unbekannten Meisters ist das gesamte Ensemble von Höllenmartern vereinigt. Mehrere Menschen sitzen in einem riesigen Bottich, unter dem von Teufelsgehilfen ein Feuer entfacht wird. Links oben auf dem Gemälde sind drei Menschen an einer Art Kreuz mit dem Kopf nach unten aufgehängt. Ihre Köpfe ragen fast in einen Kohleofen, dessen Feuer von einem Unterteufel emsig mit einem Blasebalg am Brennen gehalten wird. Einer am Boden liegenden menschlichen Gestalt wird von einem Teufel mithilfe eines Trichters eine heiße Flüssigkeit in den Rachen gegossen. Vor ihm liegt ein anderer Sünder, dem gerade dieselbe Qual angetan wird. Es gibt aber auch weibliche Teufel, die eine nackte Frau mit einer Art Forke quälen.

Mit Schaudern wendet sich der Teufel von diesem Gemälde der Höllenqualen ab und wandert zur nächsten Ausstellungshalle. Und dort hängt ein Gemälde, das den Antisemitismus am Kochen hält, der ja auch im Mittelalter verbreitet war. Erholung gibt es auch hier nicht. In den vom Feuer umloderten Kesseln drängen sich bereits etliche Sünder. Alle sind nackt und damit sind die Standesunterschiede aufgehoben. Und alle tragen auf dem Kopf den trichterförmigen Judenhut. Links unten sehen wir, wie ein Teufel einen jüdischen Würdenträger in roter Kutte hereinführt. Und auch der wird nun nackt in einen der Kessel geworfen. Das Ganze ist ein durch und durch antijüdisches Gemälde.

Die Darstellung der Hölle ist ja meist kein reines Fantasieprodukt, sondern ist den christlichen Folterkammern nachempfunden. Ringsum umgeben von lodernden Flammen rasen die nackten Leiber gleichsam in einer Art Höllenballett durch den schaurigen Raum der Hölle, flankiert von grässlichen Teufelsgestalten, die sie mit langen Stangen malträtieren.

Ein anderes Gemälde zeigt eine Schar von Menschen, die auf einem schmalen Steg, dem Pfad der Tugend, im Gänsemarsch einem frommen Mann hinterhereilen. Aber es gelingt ihnen nicht, auf dem schmalen Holzsteg das Gleichgewicht zu halten. Und so purzeln sie denn einer nach dem anderen vom Steg des tugendsamen Lebens direkt den Teufeln, die sie schon mit dem größten Appetit erwarten, in die Arme. Und es werden ihnen dort sogleich und unverzüglich die üblichen Höllenpeinigungen verabreicht.

Mit schlotternden Knien schlendert unser Teufel weiter zu einem Gemälde, in dem ein schwarzer monströser Teufel mit Hörnern fast das ganze Bild ausfüllt. Mit seinen affenartigen Händen hat er sich zwei Menschenleiber zugerüstet. Der eine ist ganz offensichtlich ein Mönch mit einer Tonsur. Einen weiteren Menschenleib hat der Teufel bereits mit größtem Behagen verschlungen. Nur noch die Beine des armen Sünders ragen aus seinem Rachen heraus.

Bei der Betrachtung all dieser ungeheuerlichen Gemälde wird dem Teufel schlecht und er begibt sich erst einmal in die Cafeteria und bestellt sich dort einen Magenbitter. Bei all den Bildern, so wird ihm klar, geht es ja nicht in erster Linie um künstlerische Darstellungen, sondern um Drohkulissen.

Es gab im Mittelalter keine standardisierten und einheitlichen Teufelsbilder. Verbreitet war jedoch der Teufel als gehörnter, krummnasiger Unhold mit einem Klumpfuß. Er konnte aber auch als Mensch, Tier oder Monster in Erscheinung treten.

Das nächste Höllenbild zeigt Menschen, die sich einer der sieben Todsünden schuldig gemacht hatten. Und dort sind sie alle versammelt. Dem Geizknochen wird von einem Teufel ein Behälter mit Münzen im den Rachen geworfen. Und der vom Neid Zerfressene wird schmerzhaft von einem Hund in den Arm gebissen. Der Hochmut, die Superbia, gilt im Ensemble der sieben Todsünden als die Größte und Ärgste. Man sieht hier, wie einer hochmütigen Frau von einem grünen Teufel ein Spiegel vorgehalten wird. Daneben wird einer, der von der Acedia, der Trägheit, ergriffen ist, von einem Teufel bedrohlich traktiert. Seine gekreuzten Arme deuten auf seine Untätigkeit hin. Im unteren Teil dieses Höllengemäldes lebt einer hemmungslos seinen Zorn aus und wird für diese Sünde von einem Teufel mit einer Machete bedroht. Neben ihm symbolisiert eine attraktive nackte Frau das Laster der Luxuria, der Unkeuschheit, und ganz unten auf dem Bild geht es um die Fresssucht. Es liegt da einer am Boden, dem von einem weiteren Teufel das Maul gestopft wird. Die gesamte Höllenszenerie der todsündigen Menschen ist von Flammen durchlodert.

Doch weiter! Jetzt kommt ein Gemälde über eine der bekanntesten Teufels- und Dämonengeschichten. Es geht um den heiligen Antonius, den Urvater aller Eremiten des frühen Mittelalters in der ägyptischen Wüste, der von Dämonen attackiert wird. Und diese Geschichte ist aufregend von Matthias Grünewald auf den Isenheimer Altar in Colmar gemalt worden. In unserer Ausstellung konnte dieser Altar natürlich nicht gezeigt worden. Dafür aber ein ähnliches Gemälde eines unbekannten Meister aus dem frühen 16. Jahrhundert. Auf diesem Bild sieht man ganz rechts Antonius mit Heiligenschein und schwarzer Kutte über der Erde schweben. Und ein ganzes Rudel abstoßender und aberwitziger Geschöpfe setzt ihm zu. Hinter ihm schwingt einer die Keule. Seinen linken Arm hat ein rotes Höllenmonster mit bedrohlich aufgerissenem Maul gepackt und will ihn in die Tiefe ziehen. Ein bizarrer gelber Frosch, der auch ein Fisch sein könnte, startet mit gefährlich gespreizten Krallen einen Angriff gegen den Heiligen. Hinter diesem Unhold rückt ein drachenähnliches Vieh mit aufgerissenem Maul und wedelnder Zunge vor. Und als seien diese Monstren nicht schon genug, so drohen von oben weitere fratzenhafte Gestalten herein. Ein veritables Dämonen- und Teufelschaos! Aber all diese Angriffe, all diese Teufeleien erträgt der heilige Antonius fromm und klaglos.

Mit schleppendem Schritt wendet sich unser Teufel einem weiteren Gemälde zu. Und hier wird die Hölle pur dargestellt. Flammen lodern allerorten und sind nicht zu löschen. Und darinnen purzeln nackte Leiber beiderlei Geschlechts kopfüber hinunter. Und sie fallen und fallen in eine anscheinend bodenlose Hölle. Immer umringt von lodernden Flammen. Die gesamte

Hölle ist bereits angefüllt mit sich überstürzenden Menschenleibern. Und mitten im Bild thront eine abscheuliche rote Gestalt mit einem langen Doppelschnabel und einer geschwungenen Säge auf dem Kopf. Und mit diesem Schnabel setzt dieses irre Monstrum einem der neuen hinabgestürzten Höllenbewohnern zu.

Puh! Etwas erschöpft und stark mitgenommen verlässt der Teufel die Gemäldegalerie und genießt den Regen auf der Straße. Doch als der sich zu einem Wolkenbruch steigert, flieht er schnell in eine Kirche und setzt sich in eine der hinteren Reihen.

Der Regen hatte nun nachgelassen und der Teufel setzte sich draußen auf eine Bank und geriet ins Grübeln. Und er dachte nach und betätigte sich als Kunsthistoriker. Lässt man die Gemälde der letzten Jahrhunderte Revue passieren, so sieht man ungleich mehr Menschen in der Hölle schmoren als im Himmel lustwandeln. Und die katholische Kirche verkündet unverdrossen durch alle Jahrhunderte, dass an der Dominanz des Bösen nur ein einziger die Schuld trage: Der Teufel, "der brüllende Löwe, der monströse Wurm und der Verderber der Menschen." Das sind ja bekanntlich alles nur faule Ausreden. Als hätten die Menschen nicht selbst auf Erden eifrig Fortbildungskurse zum Thema "Crime and Horror" belegt und mit großem Erfolg absolviert.

Die Teufel auf den Gemälden mit all ihren Torturen sind ja nur eine Drohkulisse, welche die Menschen bekanntlich kaum zum Besseren bekehren konnten. Vielleicht wurden sie ja auch gar nicht zu diesem Zweck geschaffen, sondern waren lediglich Ausdruck der sadistischen Fantasien ihrer Maler und Auftraggeber. Wer weiß.

Kapitel IV: Von den Begegnungen des Teufels mit eigenartigen christlichen Bräuchen.

Worin berichtet wird, wie sich der Teufel bei einem Priester einlogiert und dort allerlei über christliche Sünden erfahren hat.

Der Teufel stand nun seit bald zwei Stunden in einer Menschenschlange vor dem Einwohnermeldeamt. Da er etwas länger in der Stadt bleiben wollte, musste er einen zweiten Wohnsitz anmelden. Als er endlich an die Reihe kam und sein Antragsformular einreichte, fragte ihn der Beamte, welches denn nun eigentlich sein erster Wohnsitz sei. Herrje! Was sollte er denn da nur angeben? Was ist denn um Gotteswillen sein erster Wohnsitz? Der Himmel? Aber dort war er ja bekanntlich rausgeflogen. Außerdem, würde er den Himmel als ersten Wohnsitz eingeben, würde man ihn mit Sicherheit in die Psychiatrie einweisen. Deprimiert verließ er diese Stätte der Bürokratie.

Wo sollte er denn diese Nacht nur schlafen? Er irrte ratlos durch die Stadt und irgendwann spät abends landete er auf einem Friedhof. Zunächst zögerte der Teufel noch, weil er schon immer Angst vor Geistern und Gespenstern hatte, aber er überwand sich schließlich, betrat die Friedhofskapelle und rollte sich zum Schlafen in eine Ecke. Am nächsten Morgen schlurfte er übernächtigt durch die Straßen. Aber zu seinem Glück wurde er von einem mildtätigen Priester aufgegriffen und der bot ihm ein möbliertes Zimmer in seinem Pfarrhaus an. Wegen irgendwelcher Mietzahlungen müsse er sich nicht sorgen. Er könne ihm ja im Garten und beim Schreiben seiner Predigten helfen.

Der Priester fuhr übers Wochenende zu einer Tagung und der Teufel nahm die Gelegenheit wahr und machte es sich im Arbeitszimmer seines Gastgebers bequem. Erstmal nahm er einen gehörigen Schluck Rotwein aus der angebrochenen Flasche, die auf dem Schreibtisch stand.

Auf dem Tisch lag ein prächtiges silbernes Kruzifix und als er es näher in Augenschein nahm, entdeckte er an der Längsseite des Kruzifixes ein einmontiertes Klappmesser. Wozu um Himmelswillen benötigt ein katholischer Priester solch ein Gerät? Um Ungläubige in Schach zu halten? Wohl eher nicht. Dazu war die Klinge zu kurz. Dann doch wohl nur als harmlosen Brieföffner.

Nachdem der Teufel sich noch einmal Rotwein nachgegossen hatte, widmete er sich den Büchern und Broschüren, die auf dem Schreibtisch des Priesters lagen. Er nahm ein weiteres Mal einen Schluck aus der Rotweinflasche und zündete sich dann eine Zigarre aus den priesterlichen Tabakvorräten an. Nachdem er sich einigermaßen von dem Rauch und dem Rotwein hatte benebeln lassen, fiel seine Aufmerksamkeit auf einen größeren blauen Band mit dem feierlichen Titel „Katechismus der katholischen Kirche". Der Teufel nahm es zur Hand und das Wasser lief ihm im Munde zusammen. Er hatte ja schon viele katholische Grundsatzwerke ins Visier genommen, aber hier ging es ja direkt ans Eingemachte. Irgendwo hatte er einmal gelesen, dass sich der wahre Kritiker über ein Buch hermacht, so wie sich ein Kannibale einen Säugling zurüstet. Der Teufel nahm sich dies zu Herzen und wollte diesem Vorbild nachfolgen. Allerdings hatte er überhaupt keine Lust 800 Seiten katholische Vorschriften und Richtlinien durchzuarbeiten. Also begnügte er sich einstweilen mit dem Stichwortregister am Ende des Bandes. Wer und was sind denn nun die Glanzstücke des Katechismus? Dass Gott im Zentrum steht, versteht sich von selbst. Aber dann kommt auch schon fast genauso häufig die Sünde – und zwar in allen erdenklichen Spielarten: "Ursünde, Sünde als Verführung durch den Teufel, Sündenstrafen, lässliche Sünden, zeitliche und ewige Sündenstrafen, Vielgestaltigkeit der Sünden, Hauptsünden, himmelschreiende Sünde, Unterscheidung zwischen Todsünde und lässlicher Sünde. Sünde aus Bosheit, Sünden gegen den Glauben.

Von soviel Sündentheater musste sich der Teufel erst einmal erholen. Gibt es denn andere Weltreligionen, bei denen die Sünde ähnlich stark im Zentrum steht? Und wie steht es dabei mit dem Teufel? Ist er der Urheber all dieser Sünden? Und was ist dort über die Hölle zu lesen? Glauben die Menschen tatsächlich, dass es sie gibt? Gibt es den Teufel leibhaftig oder ist er nur die Umschreibung des Bösen schlechthin? Lassen wir den katholischen Katechismus sprechen: „Das Böse ist nicht etwas rein Gedankliches, sondern bezeichnet eine Person Satan, den Bösen, den Engel, der sich Gott widersetzt." „Der Teufel war ein Mörder von Anfang an; denn er ist ein Lügner und ist der Vater der Lüge. Er ist es, der Satan heißt und die ganze Welt verführt. Durch ihn sind die Sünde und der Tod in die Welt gekommen."

So geballt hatte der Teufel bislang noch nichts über sich selbst und sein Tun gelesen. Und er war geschmeichelt, dass man ihm all dies zutraute. Doch er musste schlucken, wenn rauskommt, dass der Priester ihn, den Leibhaftigen, bei sich beherbergt.

Und wie steht es nun mit der Hölle? „Die Lehre der Kirche sagt, dass es eine Hölle gibt und dass sie ewig dauert. Die Seelen derer, die im Stand der Todsünde sterben, kommen sogleich nach dem Tod in die Unterwelt, wo sie die Qualen der Hölle erleiden, ,das ewige Feuer'." Das ist schwerer Tobak dachte sich der Teufel. "Gott sei Dank dass ich nie in der Hölle war." Er war ja bekanntlich ohne jeden Umweg vom Himmel direkt auf die Erde gestürzt. Aber anders als in der Prädestinationslehre des Reformators Johannes Calvin ist dem Menschen die Hölle nicht vorherbestimmt. Wir können durch unser Handeln auf Erden selbst entscheiden, ob wir „den ewigen Tod" in der Hölle erleiden wollen. Nach solch deftiger religiöser Kost legte der Teufel, der am Schreibtisch des Priesters saß, eine kleine Pause ein. Und als er seine Augen ziellos über den priesterlichen Schreibtisch schweifen ließ, entdeckte er einen weiteren literarischen Leckerbissen. Es war ein schmales graues Heftchen mit dem irrwitzigen Titel „Männerbeichte", in dem der Sünder sich reuevoll und zerknirscht mit seinen schlechten Taten und Gedanken abquälen sollte. Man geht ins Detail: „Freiwillig und bewusst unkeusche Lust in mir erweckt durch Gedanken und Vorstellungen? Mit schlechter Absicht Menschen und Bilder betrachtet. Schlechte Reden freiwillig angehört? Mich versündigt durch schlechte Witze? Unanständig getanzt? Im Ernst etwas Unkeusches tun wollen? Berührungen unkeuscher Absicht an mir selbst vorgenommen? Unkeusches allein getan (Selbstbefriedigung)? Andere zur Unkeuschheit verleiten wollen? Zur Unkeuschheit gezwungen? (Wen?) Unkeusches getan mit anderen:

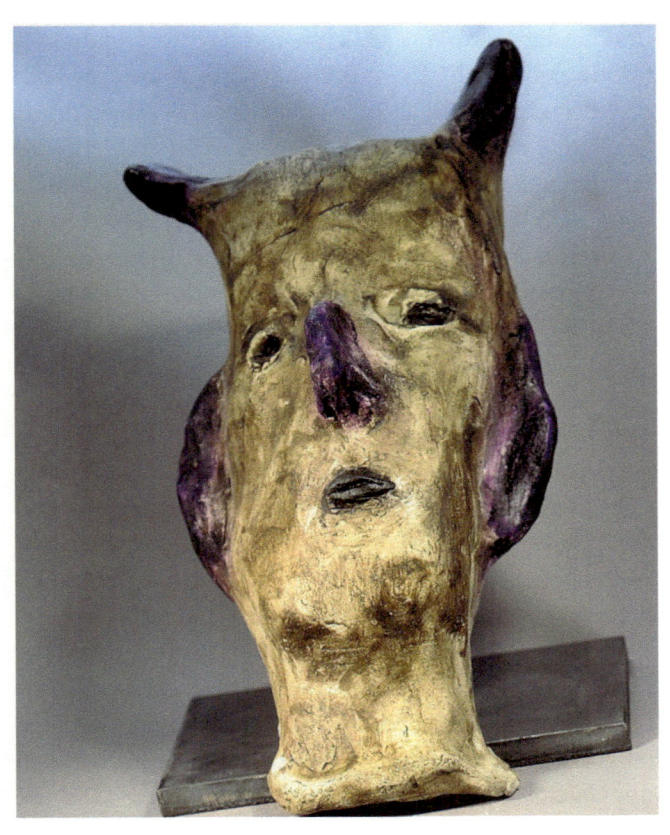

Ein kirchlicher Würdenträger-
ein Bischof oder gar ein Kardinal?

mit Mädchen, Frauen, Männern oder Kindern? Mich und andere durch Zärtlichkeiten in die Gefahr der Sünde gebracht?" Dem Teufel reichte es und er warf die Broschüre mit Widerwillen in den Papierkorb. Großer Gott! Was hatte sich die Kirche nur alles an Sünden ausgedacht? Aber es blieb ja bekanntlich nicht bei Phantasien. Die sexuellen Missetaten von Priestern besonders an kleinen Jungen sind heutzutage geradezu inflationär und stürzen die katholische Kirche in die größte Krise.

Auf dem Schreibtisch des Pfarrers lag eine Zeitung von der letzten Woche mit den Todesanzeigen und dort war eine Anzeige mit einem Rotstift angemarkert. Und jetzt erinnerte sich der Teufel wieder, dass der Pfarrer, der ja am Wochenende auf einem kirchlichen Seminar weilte, ihn, den Teufel, gebeten hatte, stellvertretend zu dieser Beerdigung zu gehen. Wilhelm Kronacher hatte der Tote geheißen und nach der Zahl seiner Todesanzeigen, musste er ein hohes Tier in der kirchlichen Hierarchie gewesen sein. In einer Stunde sollte die Beerdigungsfeier beginnen. Der Teufel zog schnell die alte Soutane des Priesters an, die an der Garderobe hing, und eilte von dannen.

Als er die Friedhofskapelle betrat, wehte ihm ein schwerer modriger Kellergeruch entgegen. Vorne rechts war der eichene blumengeschmückte Sarg aufgestellt. Links am Fenster spielte ein älterer Mann auf einem Harmonium getragene Beerdigungsmusik; natürlich das unverwüstliche Largo von Händel.

Bei seinem Eintritt wurde der Teufel zunächst für den diensthabenden Beerdigungspfarrer gehalten. Als der jedoch kurz darauf selbst außer Atem auftauchte, wurde dieses Missverständnis schnell aufgeklärt. Der Teufel verzog sich auf eine der hinteren Bänke und sinnierte vor sich hin. Warum war er denn überhaupt hierhergekommen? Mit dem Toten verband ihn doch gar nichts. Er kannte ihn ja kaum. Ach ja, der Priester, sein Hausherr, hatte ihn darum gebeten.

Kronacher war Bischof gewesen und während seiner Amtszeit hatte es einige unangenehme Dinge in seiner Diözese gegeben. Missbrauch von Kindern. Außerdem soll er mit seiner Haushälterin jahrelang ein Verhältnis gehabt haben. Als sich die Fälle von Kindesmissbrauch häuften, genügte es nicht mehr, die Pfarrer, die sich an den kleinen Messdienern vergangen hatten, jeweils in eine andere Diözese zu versetzen. Der Druck der Öffentlichkeit war inzwischen derart angewachsen, dass man sich genötigt sah, ein Gutachten in Auftrag zu geben. Die kirchlichen Würdenträger, vorweg der Erzbischof, wollten dieses Gutachten zunächst jedoch nicht an die große Glocke hängen, sondern unter Verschluss halten. Doch dies führte dazu, dass die öffentliche Empörung explodierte. Wozu braucht es denn überhaupt solch kleiner knuspriger Jungen in den katholischen Ritualen. Man könnte ja anstatt ihrer altgediente und pensionierte Gemeindemitglieder beiderlei Geschlechts dem Priester im Gottesdienst zur Seite stellen, die damit noch einmal eine sinnvolle Aufgabe im Alter erhielten.

Nachdem die Totenfeier mit der Würdigung des Verstorbenen beendet war, schritt die Trauergemeinde feierlich und gemessen zu den etwas schiefen Klängen des Harmoniums hinaus zum Friedhof. Zuvor hatten sich Freunde und Angehörige ins Kondolenzbuch eingetragen. Der Teufel ließ sich dabei eine Boshaftigkeit nicht entgehen, indem er hineinschrieb „Ich wünsche der Familie des Dahingeschiedenen anregende Erbschaftsstreitigkeiten. Der Leibhaftige" Der Pfarrer stand draußen am Sarg des Verstorbenen und besprenkelte ihn mit einem Schwall von Weihwasser. Wenn es nach der Lehre der katholischen Kirche gegangen wäre, hätte unser Teufel jetzt schreiend auf- und davonstürzen müssen. Denn angeblich fürchtet er das Weihwasser wie sonst nichts auf Erden.

Darüber musste der Teufel jedoch nur herzlich in sich hineinlachen. Denn das Weihwasser ist ja bekanntlich, sowohl medizinisch als auch spirituell nichts weiter als ein Placebo. Das Weihwasser soll die Menschen vor dem Bösen, also dem Teufel schützen. Und immer wenn sie in eine Kirche gehen, sollen sie sich damit besprenkeln, um dadurch an den Teufel und die drohende Hölle gemahnt zu werden.

Unser Teufel hatte sich inzwischen bequem auf einen Grabstein gesetzt und wunderte sich, wie abergläubisch die Menschen auch heute noch sind.

Der Sarg wurde in die Grube gelassen und dazu der Satz gesprochen "Wir übergeben den Leib der Erde. Christus, der von den Toten auferstanden ist, wird auch unseren Bruder zum Leben erwecken." Der Pfarrer erinnerte mit einer Bibelstelle an die christliche Hoffnung der Auferstehung. Der Sarg im Grab wurde nun nochmals mit Weihwasser und Weihrauch umnebelt. Beides sind Zeichen für die Taufe und das christliche Leben des Verstorbenen. "Von der Erde bist du genommen und zur Erde kehrst du zurück. Der Herr aber wird dich auferwecken." Der Pfarrer bekreuzigte noch einmal den Sarg und warf dann mit einer kleinen Schaufel etwas Erde hinunter und die umstehenden Trauernden taten es ihm gleich. Der Teufel war indessen von all dem Rotwein aus dem Arbeitszimmer seines frommen Gastgebers derartig betüttert, dass er statt die Erde in das Grab zu werfen, in seine vom Priester entliehene Soutane griff und dem Verstorbenen versehentlich das silberne Kruzifix mit dem Klappmesser hinunterwarf. Als er sich dieses Fauxpas inne ward, nahm er seine Beine unter die Arme und suchte geschwind das Weite.

Wie es dazu kam, dass der Teufel einmal zu einem erstaunlichen Gotteswunder beigetragen hat.

Es war schon dunkel geworden und unser Teufel hatte immer noch keine Unterkunft gefunden. Er beschleunigte deshalb seinen Schritt. Doch bei diesem für ihn ungewohnten Tempo glitschte er aus und fiel mit dem Rücken auf die Straße. Als er sich mühevoll wieder hochgerappelt hatte, stellte er fest, dass er in einen Kuhfladen hineingerutscht war. Jedenfalls deuteten der Geruch und die Flecken auf seiner vom Priester entliehenen Soutane daraufhin.

Doch dies war nicht das Schlimmste. Er hatte sich sehr schmerzhaft den rechten Fuß verstaucht und konnte kaum noch gehen, sodass der Fortgang seiner Erdenwanderung nachdrücklich in Frage gestellt zu sein schien. Aber irgendwie musste er ja, wenn auch nur humpelnd, vorwärtskommen. Gott sei Dank lag am Wegesrand ein Ast, den er als Stütze benutzen konnte. Ein Platz zum Schlafen, und sei es nur ein Heuschober, wäre ihm jetzt wie ein Gottesgeschenk vorgekommen. Aber nur die dunkle und leere Landschaft gähnte ihn an.

Nach einer Stunde mühseligen Fußmarsches tat sich in der Ferne ein Licht als Hoffnungsschimmer auf. Als er näher kam, wurde ihm klar, dass es sich um kein

Bauernhaus handeln konnte. Es war ein größeres An-
wesen mit mehreren Gebäuden und einer Kirche mit-
tendrin. Als er am Hauptportal die Klingel betätigte,
kam nach einiger Zeit eine ältere Frau heraus, begrüß-
te ihn und ließ ihn ein. An ihrem Habit erkannte er,
dass es eine Nonne war und er doch tatsächlich in einem Nonnenkloster gelandet war. Und er war froh,
dass er sich schon damals nach seinem Sturz auf die
Erde die Hörner und seinen Klumpfuß hatte wegope-
rieren lassen. Und nachdem er sich bei der Äbtissin
vorgestellt und als Pater ausgewiesen hatte, gingen
die Nonnen daran, seinen verstauchten Fuß mit Um-
schlägen und Tinkturen zu behandeln. Zwei weitere
fromme Schwestern widmeten sich seiner ver-
schmutzten Soutane.

Am nächsten Morgen wollte man Näheres über den
lädierten Pater wissen. Woher er komme und wohin
er denn wolle. Er habe gestern an der Beerdigung des
Bischofs Kronacher teilgenommen. Und dies sei eine
recht schwerblütige und müde Veranstaltung gewesen und darüber sei er dann auf der Straße in dem
Kuhfladen ausgeglitten. Jetzt befinde er sich auf dem
Weg zu einem befreundeten Priester in der nächsten
Kreisstadt. Aber dorthin werde er mit seinem Fuß ja
wohl in den nächsten Tagen nicht kommen. Die umstehenden Nonnen sahen dies genauso. Er werde sich
noch mindestens eine Woche von ihnen auskurieren
lassen müssen. Damit ihm aber seine Karenzzeit nicht
zu eintönig werde, könne er ja gerne, soweit dies sein
kranker Fuß zulasse, am Klosterleben teilnehmen.
Körperliche Arbeit komme bei ihm ja wohl eher nicht
in Frage. Man würde sich aber sehr freuen, wenn er
z.B. den Nonnen, zumal den Jüngeren, Heiligengeschichten erzählen würde.

Und als die Nonnen einen Sitzkreis gebildet hatten, begann der humpelnde Gast, seines Zeichens der Teufel, sofort mit der Geschichte der heiligen Zita: Zita wurde um 1212 in Italien als Tochter einer armen Landarbeiterfamilie geboren. Mit 12 Jahren wurde sie als Dienstmagd in das vornehme Haus der Familie Fatinelli in Lucca gegeben. Ihre Tugend und ihr Lebenswandel ließen sich kaum übertreffen und beeindruckten auch ihre Herrschaften. Zita redete kaum und arbeitete von früh bis spät ohne Unterlass. Sie stand morgens sehr zeitig auf und begann ihren Tag mit einem inbrünstigen Gebet und sie versäumte auch nie die heilige Messe. Danach ging sie emsig ihrer Arbeit nach und führte einzelne Verrichtungen bereits aus, bevor ihr die Herrschaft überhaupt erst einen Befehl hierzu erteilt hatte. „Müßiggang" war für sie ein Wort aus einer fremden Welt. Nicht einmal eine Viertelstunde habe man sie jemals untätig gesehen. Im Unterschied zu vielen Dienstmägden sei sie bei der Arbeit stets ausgesprochen fröhlich und guter Dinge gewesen; nie habe man sie verdrießlich oder eigensinnig gesehen. Was ihr von ihrer Herrschaft aufgetragen worden war, führte sie ohne Widerrede und bereitwillig aus, auch dann, wenn es mit schwersten Anstrengungen verbunden war. Und am Feierabend zog sie sich in ihre kleine und kärgliche Kammer zurück, um dort mit Inbrunst und unter frommen Tränen ihre Gebete zu verrichten. Einmal besuchte sie der Teufel in ihrer Klause und versuchte sie von ihrem frommen und mühseligen Domestikendasein abzubringen und ihr ein freudvolleres Leben an die Wand zu pinseln.

Beim Lesen dieser Zeilen musste unser Teufel schlucken, bat um ein Glas Wasser und fuhr dann fort. „Zita durchschaute sofort diese teuflische Versuchung und betete mit Inbrunst ein „Vater unser". Und als sie die Zeile „Und erlöse uns von dem Bösen" gesprochen hatte, verschwand der Teufel mit Geheul aus ihrer Kammer. Und unser Teufel wäre beim Lesen dieser Zeilen auch fast mit Geheul durch den Schornstein entwichen. Mit 60 Jahren entschlief die fromme und arbeitsame Zita, die später vom Papst heiliggesprochen wurde und seitdem die Schutzheilige der Dienstmägde und Hausangestellten ist.

Einige der Nonnen, und vor allem die Novizin Veronika, waren von der Erzählung unseres Teufels geradezu ergriffen und gerührt, was man ihrem Schluchzen anhörte.

Wenn die anderen längst schlafen gegangen waren, saß Veronika mit dem fremden Pater entgegen aller Klosterregel oftmals noch zusammen und sie erzählten sich allerlei fromme Geschichten. Und wenn Veronika darüber in Schluchzen ausbrach, wischte der Pater, alias der Teufel, die Tränen aus ihrem Gesicht und nahm sie in die Arme. Und mit ihren abendlichen Zusammenkünften, die später gegen alle Vorschriften auch in Veronikas Zelle endeten, kamen sie sich auch sonst näher und näher.

Am nächsten Morgen saßen die Nonnen wieder beisammen und lauschten dem Teufel. Und der erzählte nun eine Heiligengeschichte, die sich vor nicht so langer Zeit in Süddeutschland zugetragen hatte. Und zwar in der kleinen Ortschaft Konnersreuth in der Oberpfalz. Dort wohnte Theresa von Konnersreuth, die für viele Menschen eine Heilige war, weil bei ihr regelmäßig die blutenden Wundmale Jesu am Kreuz an ihren Händen und Füßen auftraten. "Fast 700 Mal erlebte sie in Ekstase das Leiden und Sterben des Heilands mit; jeweils Karfreitag fiel sie in einen todesähnlichen Schlaf, aus dem sie erst am Ostermorgen erwachte." So ist es im Ökumenischen Heiligenlexikon zu lesen. Der Teufel legte das Lexikon beiseite und setzte seinen Bericht fort, wie sich Konnersreuth immer mehr zu einem Wallfahrtsort entwickelt hatte. Jährlich pilgerten an die 50.000 Besucher nach dorthin. Denn Theresa konnte Wunder wirken. Ihr Grab ist übersät mit kleinen weißen Emailschildern. Dankes-Plaketten mit Aufschriften wie „Resi du hast mir geholfen." „Resi, wir danken dir." "Danke, meine Krankheit ist fort. Ich bin geheilt." Die Schwarmgemeinde der Resiverehrerinnen setzte seit Jahren alles in Bewegung, um Theresa von Konnersreuth heiligsprechen zu lassen. Der Vatikan ließ alle derartigen Petitionen jedoch zunächst in den Papierkorb werfen. All die Wunder, die Theresa vollbrachte, mussten ja keine Gabe Gottes sein, sondern konnten auch vom Teufel gelenkt sein. Aber offensichtlich durch Druck ihrer Anhänger wurde sie vor ein paar Jahren vom Vatikan tatsächlich seliggesprochen, als Vorstufe zur Heiligsprechung.

Solche erbaulichen Geschichten tischte der Teufel seiner Nonnenrunde auf und am stärksten ergriffen war wiederum Veronika. Und im kommenden Jahr ereignete sich ein Phänomen, das es auf der Welt bislang nur ein einziges Mal gegeben hatte. Die fromme Schwester Veronika kam nieder und gebar ein Mädchen. Und dieses Phänomen war ganz klar und eindeutig eine sogenannte "Unbefleckte Empfängnis". Denn es waren in den letzten Jahren überhaupt keine männlichen Besucher, bewahre Gott, ins Nonnenkloster gekommen. Nun ja, der Pater, der im letzten Jahr sich im Kloster von seinem verknacksten Fuß hatte kurieren lassen, war selbstverständlich über jeden

Die heilige Bernadette

Verdacht erhaben. Der heilige Mann! Angesichts dieses wundersamen Phänomens wurden etliche geistliche Gutachter zu Rate gezogen. Man war sich bald einig, dass dieser zweite Fall einer unbefleckten Empfängnis in der gesamten christlichen Kirchengeschichte so noch nicht vorgekommen war. Schwester Veronika, die kaum volljährige Novizin stand nun plötzlich im Mittelpunkt des öffentlichen Interesses. Natürlich war auch die Boulevardpresse sofort zur Stelle und der Klosterhof hatte sich längst in einen ordinären Parkplatz verwandelt. Im weiteren Umkreis von Süddeutschland hatte sich die fromme Kunde aufgetan, dass Schwester Veronika eine Heilige und mit allen nur denkbaren übernatürlichen Fähigkeiten begabt sei. Das heilende Handauflegen zählte zu ihren Standardkünsten, aber auch Gebete konnte man bei ihr in Auftrag geben. Ein Vaterunser kostete umgerechnet zwei Euro und ein Rosenkranzgebet ließ sie sich mit fünf Euro vergüten. Die Äbtissin sah diese Auftrags- und Geldbeterei mit einiger Genugtuung. Und sie dankte Gott dafür, dass auf diese Weise die Klosterkasse etwas aufgebessert wurde.

Im Innenhof des Klosters befand sich seit alters her ein Brunnen, der längst für den Alltagsgebrauch von einer Wasserleitung abgelöst worden war. Und da kam der Äbtissin eine sehr gute Idee. Sie ließ in der nächsten Kreisstadt 50 kleine Fläschchen kaufen und sie dann mit Brunnenwasser füllen und beschriften. Und dieses abgefüllte Brunnenwasser musste Veronika segnen und ein Vaterunser darüber sprechen. Die derart spirituell aufgeladenen Heilwasserfläschchen wurden Besuchern zum Preis von umgerechnet zehn Euro verkauft und ihre durchschlagende Heilkraft wurde in ganz Süddeutschland allseits gerühmt. So

entstand neben der Pilgerstätte der Theresa von Konnersreuth ein weiteres heiliges Ziel, die Wunderheilungen der Schwester Veronika vom Karmeliterorden.
Die frommen Nonnen nahmen sich einstweilen des
neugeborenen kleinen Mädchens mit Liebe und Für-
sorge an und nährten es mit der Milch der Klosterkuh.
Man unterrichtete das Kind im Lesen und Schreiben
und gab ihm den Namen Bernadette. Man lehrte es,
Gebete zu sprechen und in der Bibel zu lesen und es
war auch anstellig und half in der klösterlichen Küche
aus. Und mit den Jahren wuchs das Kind zu einem
folgsamen und hochanständigen Glied der klösterlichen Gemeinschaft heran.

Als das Mädchen älter wurde und in die Pubertät
kam, stellte sich jedoch ein Problem ein: Denn nicht
allein ihre Brüste wuchsen, sondern auch der Kopf
nahm eine absonderliche Form an. Als die Nonnen sie
näher untersuchten und ihren Kopf betasteten, ent-
deckten sie an der Stirn zwei eigentümliche Knubbel,
die sie sich überhaupt nicht erklären konnten. Mit den
Jahren wurden diese Knubbel jedoch immer größer
und entwickelten sich zum Entsetzen der Ordensge-
meinschaft zu stattlichen Hörnern. Der Teufel hatte
von alldem allerdings nichts mehr mitbekommen und
er wusste nicht einmal, dass er Vater geworden war.

Wie der Teufel als Bruder Martin in ein Kloster eintrat und dort die Stelle des Bibliothekars erhielt.

Nach plagenreichen Wanderungen durch die süddeutsche Landschaft war der Teufel schließlich zum
Benediktinerkloster Ottenhofzell gelangt. Dort hatte er
am Tor geklopft und um Einlass gebeten. Man hatte

ihn freundlich aufgenommen, ihn erst einmal verköstigt und dann dem Abt vorgeführt. Wer er denn sei und woher er komme, wollte dieser wissen.

Sein Name sei Martin Gräbner erwiderte der Teufel und er sei bei einer gräflichen Herrschaft als Hauslehrer angestellt gewesen und habe dort die Kinder unterrichtet. Nachdem der Graf von einer Reise zurückgekehrt war, hatte der ihn bezichtigt, in seiner Abwesenheit mit der Gräfin ein Techtelmechtel angefangen zu haben, was natürlich barer Unfug war. Aber ihm glaubte ja keiner. Und so wurde er denn mit Schimpf und Schande fortgejagt und wanderte seit einigen Wochen durchs Land auf der Suche nach einer neuen Stelle.

Der Abt lehnte sich zurück und fragte den Fremden, wie lange er denn zu bleiben gedenke. Solange man ihn gebrauchen könne, entgegnete der. Und er sei auch gerne bereit, alle im Kloster anfallenden Arbeiten zu übernehmen. Dies sei ja wohl auch Vorschrift in einem Benediktinerkloster. Man solle ihm nur ordentlich Arbeiten auftragen, er wolle sie alle gewissenhaft erledigen.

Der Abt musterte ihn von Kopf bis Fuß und erklärte dann dem Fremden, dass er für eine körperliche Arbeit auf dem Feld oder im Garten wohl kaum in Frage käme, da er entschieden zu knöchern und zu spillerig sei. Er wolle aber die Sache zunächst überschlafen.

Am nächsten Morgen hatte der Abt einen Entschluss gefasst. "Martin, so sprach er den Teufel nun direkt an, solle dem Klosterbruder Antonius in der Bibliothek zur Hand gehen. Und dort gab es allerhand zu tun. Der Hintergrund war, dass man nach der Auflösung einiger Klöster im Zuge der Säkularisierung zu Beginn des 19. Jahrhunderts umfangreiche Teile der

Bibliothek eines Klosters in Süddeutschland ergattern konnte, die nun seit damals ungeordnet in den Regalen herumstanden oder gar noch in den damaligen Transportkisten lagerten.

Es handelte sich um mehrere tausend Bände, die mühselig auf Leiterwagen über mehr als 100 Kilometer herantransportiert worden waren. Das Problem und die Arbeit bestand nun darin, so der Abt, die einzelnen Bände zu katalogisieren und den Buchbeständen des Klosters einzuverleiben.

"Sicher weißt du," belehrte der Abt den Bruder Martin, "dass es in unserer katholischen Kirche einen Index der verbotenen Bücher gibt, in dem festgelegt ist, welche Bücher ein guter Christ nicht lesen darf." Der Index wurde 1559 von der katholischen Inquisition erfunden. "Wir haben die dringende Vermutung," so der Abt, "dass es bei den Büchern, die uns gestiftet worden sind, etliche gibt, die mit dem Leseverbot der Kirche belegt sind. Wir haben gehört und es wurde immer wieder gemunkelt, dass der alte Bibliothekar Antonius mit seinen schwachen Augen es nicht mehr so genau nahm."

Der Teufel betrat die Bibliothek und nahm die einzelnen Buchreihen gewissenhaft in Augenschein und schon nach kurzer Zeit stieß er auf recht fragwürdige Bände. Ein riesiges Buch trug den Titel "Theatrum diabolorum" Der Konvolut enthält eine ganze Reihe von Traktaten über den Teufel. Ach ja! Das ist ja dieser voluminöse Schmöker, den ich mir schon vormals in der Staatsbibliothek angesehen habe, dachte der Teufel. (vgl. Kapitel 2). Angefüllt mit Geschichten von evangelischen Pfarrern über unsere Alltagsteufel. Aber auch in den Altbeständen der Klosterbibliothek war allerhand Problematisches zu finden.

Der Teufel sortierte im ersten Durchlauf sämtliche Bücher der Klosterbibliothek aus, die in den Augen der katholischen Kirche ketzerisch waren. Und das waren nicht eben wenige. Das bereits erwähnte "Theatrum diabolorum" wurde als erstes ausgesondert. Es folgten die gesammelten Schriften des Ketzers Martin Luther. Und auch die zehnbändige "Kriminalgeschichte des Christentums" von Karl-Heinz Deschner, die damals allerdings noch gar nicht erschienen war, wurde vorsichtshalber schon einmal auf den Index gesetzt. Im Kapitel über des „Teufels Albtraum" wurde dieses Werk bereits erwähnt. (Kapitel 1.3) Oder aber nehmen wir „Die fromme Helene" und den „heiligen Antonius von Padua" von Wilhelm Busch, der wie kein anderer die katholische Kirche durch den Kakao gezogen hat. Wie sind solche ketzerischen Bücher bloß in die Bibliothek gekommen? fragte sich der Teufel. Und es kommt noch ärger. Der Teufel stöberte weiter in den staubigen Regalen und stieß dabei auf ein wunderliches kleines Buch: Oskar Panizza „Das Liebeskonzil". Da muss ja wohl ein hartgesottener Atheist im Kloster sein Unwesen getrieben und dieses Buch eingeschmuggelt haben. Der Teufel nahm dieses kleine Bändchen genauer in Augenschein. Das „Liebeskonzil" ist ein kurioses kleines Drama, das am Ende des 15. Jahrhunderts spielt und uns an den päpstlichen Hof Alexander des VI., alias Rodrigo Borgia, führt. Und dort hatte die Sittenverderbnis einen Gipfelpunkt erreicht. besonders die sexuelle Ausschweifung wurde hier in allen nur denkbaren Spielarten exzessiv ausgelebt. Und dies blieb auch im Himmel nicht verborgen. Gott, der in diesem Drama als ein heruntergekommener triefender Greis dargestellt wird, beobachtet dieses obszöne Treiben im Kreis seiner Erzengel voller Ekel und Widerwillen. Was ist zu tun? Wie kann man diesen gigantischen wollüstigen Orgien, welche sich allerorten ausgebreitet haben, Einhalt gebieten? Zunächst wird in der himmlischen Kommandozentrale erwogen, die Menschheit insgesamt mit Stumpf und Stiel auszurotten. Doch dann fragte man den Teufel um Rat und der hatte einen anderen Vorschlag: Den Menschen die tödliche Lustseuche, die Syphilis, zu bringen, das sei die beste Lösung. Und dies ist für den Teufel das besonders Pikante an seiner Idee, dass sich die Menschen im Zustand höchster sexueller Lust mit der Syphilis zu Tode vergiften.

Panizzas Theaterstück kam schon bald den klerikalen Stellen zu Augen und zu Ohren und Panizza wurde wegen Gotteslästerung vor Gericht gestellt und zu einer Strafe von sage und schreibe einem Jahr Gefängnis verurteilt, die er voll absitzen musste.

Und indem der Teufel immer mehr gotteslästerliche Bücher aufstöberte, kam ihm die Idee, den Spieß einfach einmal umzudrehen und einen Gegenindex aufzustellen, in dem sämtliche Bücher versammelt werden sollten, die ihn, den Teufel, kritisieren oder verunglimpfen. Und auch hiervon wimmelte es in der klösterlichen Bibliothek an Büchern. Es beginnt mit der Hochmutsgeschichte im Buch Jesaja des Alten Testaments, wonach der Engel Luzifer die Frechheit besitzen wollte, sich neben Gott zu setzen und sich mit ihm auf eine Stufe zu stellen. Eine Geschichte, welche die Schreiber der Bibel in die Welt gesetzt hatten, um ihn, den Teufel, als gotteslästerlichen Usurpator zu diffamieren. Dass diese Geschichte möglicherweise ganz anders verlief, ist im ersten Kapitel dieses Buches bereits erörtert worden. Und wegen solcher Geschichtsklitterung reißt der Teufel wütend die betreffenden Seiten aus dem Buch Jesaja heraus. Und dabei konzentriert er sich auf die kostbaren Bibelausgaben aus dem 16. und 17. Jahrhundert. Die herausgerissenen Seiten verbirgt er in seiner Kutte und schafft sie dann in seiner Zelle unters Bett.

Er blättert weiter in der Bibel herum und kommt zum Buch Hiob im Alten Testament. Jene Geschichte in der Gott mit dem Teufel, eine Wette darüber abschließt, ob der fromme Hiob auch bei den ärgsten Schicksalsschlägen an seinem unverbrüchlichen Glauben an Gott festhalten werde. "Zwar habe ich als Teufel diese Wette verloren, aber Gott hat sich bei dieser Geschichte gewaltig blamiert, da er ja überhaupt eine solche Wette mit mir abgeschlossen hat und mit dem Schicksal seines treuesten Dieners so schändlich gespielt hat." Also wird diese Geschichte nicht aus den Bibeln herausgerissen; denn sie schadet ja mehr dem Ansehen Gottes als mir, dem Teufel, sagte er sich auf seinem Bibliothekshocker sitzend.

Der Teufel verzog sich in die hinterste Ecke der Bibliothek und schmökerte weiter vor sich hin. Als Nächstes stieß er auf des „Teufels Netz", eine allemanische Versdichtung aus dem 15. Jhdt. Da wird den Menschen alles Denkbare angedroht. "In meinem Namen! Ohne mich, den Teufel, vorher zu fragen! Das ist ja ganz schön übergriffig. "Wahr an der ganzen Geschichte ist sicherlich, dass die Menschen damals moralisch ziemlich verrottet waren. Das zog sich durch alle Stände und Schichten. Man nahm es mit den christlichen Pflichten nicht mehr so genau. Und wer ein ausschweifendes gotteslästerliches Leben führt, wird vom Teufel und seinen Gehilfen mit einem Netz gefangen und in die Hölle expediert. Der Teufel wirft die kleine Broschüre missvergnügt auf den Boden und schimpft "Das ist doch schlichter Unfug! Warum soll ich, der Teufel, denn den Menschen damit drohen, gefälligst ein christliches Leben zu führen. Dafür bin doch nicht ich, sondern Jesus zuständig. Die Sache mit dem Netz stammte ja schließlich auch nicht von mir, sondern das war eine Drohkulisse, welche die Kirche gegen ihre etwas verlotterten und runtergekommenen Schäfchen aufgebaut hatte. Mich, den Teufel, solle man dabei aber bitteschön aus dem Spiel lassen. Ich habe nichts damit zu tun." Also wird auch diese Buch aus dem Klosterbibliothek ausgesondert und zunächst in der Zelle unterm Bett versteckt.

"Auf meinen Gegenindex sollte auch das folgende Buch von Ägidius Albertinus mit dem Titel 'Des Teufels Seelengejaidt' gesetzt werden." Hier verfügt der Teufel über einen Haufen von Knechten und Dienern und sie alle setzen den Menschen mit allerhand üblen Ränken zu. Wie Jäger stellen sie den Seelen der Erdenbürger nach und verfolgen sie. Da werden sündige Menschen wieder mit einem Netz überzogen. Es werden ihnen verborgene Fallstricke gelegt oder aber es fällt einer in eine Grube. Immer geht es darum, die Menschen in sündiges Handeln zu verstricken. "Aber das ist doch alles ein rechter Blödsinn, weil nicht ich die Menschen zur Sünde verführen will. Das bewerkstelligen sie mit Lust und Wonne doch schließlich selbst. Der Autor dieses Buches, Aegidius Albertinus, war zwar kein Protestant, sondern ein strenggläubiger Katholik. Aber was er da alles über mich, den Teufel, verzapft hat, geht auf keine Kuhhaut. Und deshalb kommt auch dieses Buch unverzüglich auf den Teufelsindex und wird unter meinem Bett verstaut."

Nach dieser absurden Geschichte wandte sich der Teufel dem Neuen Testament zu. Im Matthäus-Evangelium ist davon die Rede, dass der Teufel das Unkraut der Bosheit sät. "Und dagegen muss ich schärfstens protestieren. Mit Bosheit habe ich nichts zu tun. Das sind doch alles nur gemeine Unterstellungen." Er blätterte weiter und kam zum 1. Brief des Petrus und las dort folgendes: „Seid nüchtern und wachet; denn euer Widersacher, der Teufel, geht umher wie ein Löwe und sucht, welchen er verschlinge." (1. Petrus 5,8) "Ich verschlinge niemanden, ich bin ein friedliebender und auch vegetarischer Teufel und habe überhaupt keinen Appetit auf sündige Menschen. Und immer wieder wird berichtet, wie ich, der Teufel, in verschiedene Menschen hineingekrochen sein soll, sie inwendig gequält habe und ich schließlich mit einem Exorzismus ausgetrieben worden sei. Wer weiß, von welchen Marotten und psychischen Leiden solche Erdenbewohner geplagt wurden. Ich, der Teufel, war es jedenfalls nicht, ich krieche in niemanden hinein."

Der Teufel schlug eine kleine Bibel aus dem 18. Jahrhundert auf und stellte zu seiner Verblüffung fest, dass dort schon ein anderer am Werk gewesen war. Ausgerechnet die ersten Seiten des Sündenfalls aus dem Alten Testament waren herausgerissen worden! Und auch in dieser Sündenfallgeschichte wird wieder dem Teufel der schwarze Peter zugeschoben."Dabei waren die Menschen Adam und Eva doch selbst an ihrem Unglück schuld. Sie hätten den Apfel ja nicht essen müssen. Wären sie nicht so neugierig gewesen, könnten sie und ihre Nachkommen noch heute ein glückliches Leben im Paradies führen."

Seit sechs Wochen war der Teufel, alias Bruder Martin, nun schon als Aushilfsbibliothekar in der Klosterbibliothek tätig. Gelegentlich war er von all diesen staubigen Folianten etwas zugenebelt und er flüchtete dann hustend nach draußen an die frische Luft.

Aber alles in allem war er doch fasziniert von der Fülle an Büchern und Schriften in der Bibliothek. Allerdings kannte er keine Gnade gegenüber jenen Büchern, die etwas Schlechtes oder Bösartiges über ihn, den Teufel, geschrieben hatten. Die setzte er auf seinen selbsterfundenen Teufelsindex und schaffte sie beiseite. Und indem er draußen auf einem Holzklotz saß, dachte er, dass er vielleicht lieber ein Großinquisitor geworden wäre, statt ein Leben als armer Teufel zu fristen.

Über die unglaubliche Geschichte wie der Teufel als Exorzist tätig war und einem Schmied den Teufel ausgetrieben hat.

Und so ging denn das klösterliche Leben seinen geregelten Gang. Man arbeitete, man betete und abends saß man beim Rotwein beisammen und übertraf sich mit sonderbaren Heiligengeschichten und Klosterklatsch.

Doch dann geschahen seltsame Dinge, die man mit dem Schmied des Klosters in Verbindung brachte. Der Schmied war ein unheimlicher hünenhafter Kerl, dessen Haupt von einer veritablen Glatze gekrönt wurde. Da er abgeschieden von den Mönchen lebte und arbeitete, gab es kaum einen Kontakt zu ihm und dies war der Nährboden für allerhand Gerüchte, die über ihn in Umlauf gebracht wurden. Er war vor einigen Jahren als junger Mann vom Norden her nach Süddeutschland gekommen. Und da er gelernter Schmied war, hatte man ihm hier im Kloster Ottenhofzell die Stelle des Hufschmieds angeboten. Seine Aufgaben lagen in allem, was mit den klösterlichen Pferden zu tun hatte.

Seiner Arbeit ging der Schmied mit Fleiß und Gewissenhaftigkeit nach. Aber mit der Religion nahm er es nicht so genau. So blieb er meistens dem sonntäglichen Gottesdienst fern, wodurch sein Außenseitertum im Kloster nicht gerade verringert wurde. Er stammte aus dem Hessischen in der Nähe von Kassel. Und dort herrschte damals eine andere christliche Religion, der Protestantismus oder das Luthertum. Und da man dies bei den katholischen Benediktinern für schlimmes Teufelszeug hielt, wurde bald getuschelt, der Schmied stünde mit dem Teufel im Bunde.

Er war ein cholerischer Kerl. Er fluchte, schimpfte und brüllte, was das Zeug hielt. Man konnte ihn nicht immer genau verstehen, weil er ja von Haus aus einen Dialekt sprach, den die Bayern nicht kannten. Die Mönche waren sich bald einig, dass seine Herumbrüllereien nichts anderes als gotteslästerliches Zeug sein konnten. Und hierüber kursierten im Kloster die unglaublichsten Geschichten. Der Schmied habe Gott als einen alten zahnlosen Tattergreis beschimpft. Und unseren Herrn Jesus habe er als herumvagabundierenden Taugenichts verunglimpft. Aber ganz verrückt war ein Gerücht, das ein paar besonders boshafte Mönche in Umlauf gebracht hatten. Man habe den Schmied dabei beobachtet, wie er auf seinem Amboss metallene Kruzifixe mit dem gekreuzigten Jesus zertrümmert und dann im Garten vergraben habe. All diese abstrusen Tuscheleien waren natürlich völlig aus der Luft gegriffen und entsprangen der Fantasie und Langeweile der Mönche. Als diese bizarre Geschichte dem Abt des Klosters zu Ohren kam, war der tief besorgt und rief die Mönche nach dem Abendgebet zusammen. Vor allem gehe es darum, die Angelegenheit nicht an die große Glocke zu hängen und damit dem Ruf des Klosters zu schaden. Ganz zweifellos sei der Schmied vom Teufel besessen. Und die einzige Möglichkeit, so der Abt, bestünde darin, den Schmied einem Exorzismus, einer Teufelsaustreibung, zu unterziehen. Die Prozedur müsse sofort und innerhalb der Klostermauern vollzogen werden. Nach den Regeln der katholischen Kirche solle der Exorzismus von einem vom Bischof bestimmten Priester vorgenommen werden. Aber in der Not könne auch ein Mönch als Exorzist fungieren. Ob denn einer von den anwesenden Mönchen den Mut aufbringe, diese Aufgabe zu übernehmen? Großes Schweigen. Als der Abt die Einzelnen fragte, kam heraus, dass die meisten das Ritual nur vom Hörensagen kannten und sich seine Ausübung überhaupt nicht zutrauten. Andere wiederum gaben unumwunden zu, dass sie eine gehörige Portion Angst hätten, dass der dem Schmied ausgetriebene Teufel von ihnen selbst Besitz ergreifen könnte.

Als es keine Lösung des Problems zu geben schien, ergriff Bruder Martin, unser Teufel, der die ganze Zeit in der hintersten Ecke vor sich hin geschwiegen hatte, das Wort. Er verfüge zwar auch über keine Exorzistenausbildung, habe in seinem Leben aber verschiedentlich einer Teufelsaustreibung beigewohnt. Außerdem seien ihm bei seiner Bibliotheksarbeit gelegentlich Bücher über diese Prozedur in die Hände ge-

Der Teufel befragt sein Gewissen

fallen. Insofern traue er sich zu, wenn Not am Mann sei, dem Schmied den Teufel auszutreiben. Nach dieser Rede waren die Mönche allseits erleichtert. Bruder Martin gehörte zwar erst wenige Jahre der klösterlichen Gemeinschaft an, hatte sich aber, wie auch hier, immer wieder als ausgesprochen nützlich und hilfreich erwiesen. Und nach dem gemeinsamen Nachtgebet gingen die Mönche guten Mutes schlafen.

Am nächsten Morgen wurde der Schmied in die Klosterkirche hineingeführt. Er war in seiner Wut nur schwer zu bändigen und musste deshalb von zwei muskulösen Brüdern festgehalten werden. Der als Exorzist ausgewählte Bruder Martin, alias der Teufel selber, waltete nun seines Amtes. Zunächst besprengte er den Schmied mit Weihwasser und schlug drei Kreuze über ihn. Anschließend rezitierte er aus der von der katholischen Kirche hierfür bestimmten Textformel, die er allerdings vom Blatt ablas: „Gott, du Schöpfer und Verteidiger des Menschengeschlechtes, schaue auf diesen deinen Diener, den du nach deinem Bild geformt hast und zur Teilhabe an deiner Herrlichkeit berufest: Der alte Feind quält ihn grausam, er unterdrückt ihn mit roher Gewalt, er verwirrt ihn mit furchtbarem Schrecken. Sende über ihn deinen Heiligen Geist."

Als der Teufel, alias Bruder Martin, nach seinem Sermon eine kleine Pause eingelegt hatte, vollzog sich mit dem Schmied eine eigenartige Veränderung. Sein Gesicht lief rot an und er verfiel in einen geradezu ungestümen Schluckauf, der gar nicht wieder aufhören wollte. War dieser Schluckauf etwa ein halbherziger, missglückter und gleichsam stolpernder Versuch, den Teufel aus dem Schmied herauszutreiben? Konnte es sein, dass dem Schmied der Teufel im Halse steckengeblie-

ben war? Das konnte unser Teufelsaustreiber natürlich nicht auf sich sitzen lassen und er ging dem Teufel nun mit weiteren Beschwörungsformeln frontal an:
„Satan, Betrüger des Menschengeschlechtes, erkenne
an den Geist der Wahrheit und der Gnade, der deine
Nachstellungen abwehrt und deine Lügen zuschanden macht: Fahr aus von dem Besessenen."
Als sich der Schluckauf des Schmieds wieder gelegt
hatte, nahm der sein wütendes Schimpfen und Fluchen wieder auf und versuchte, sich von den zwei
Brüdern, die ihn festhielten, immer wieder loszurei-
ßen. Nicht er sei vom Teufel besessen, sondern der
Teufel habe sich hier in diesem Kloster, dieser Brut-
stätte des römischen Katholizismus, eingenistet und
man solle den Teufel einmal hier suchen. Und dieser
sogenannte Teufelsaustreiber hier, dieser Bruder Martin, der ihn unablässig quäle, könne hierüber sicherlich genauere Auskunft geben. Der Teufel erbleichte,
las dann aber unverdrossen weitere Teufelsbeschwö-
rungsverse vor. Die Prozedur zog sich jetzt schon fast
eine Stunde hin und zehrte immer mehr an den Nerven aller Beteiligter.

Da fuhr plötzlich ein heftiger Windstoß durch das
Kirchenschiff und ein gewaltiger Donnerschlag durchdröhnte das gesamte Kirchengebäude. Die Kron-
leuchter gerieten in Schwingung, vom Altar fiel die
schwere Bibel mit lautem Krachen zu Boden und die
unzähligen geweihten Kerzen erloschen allesamt mit
einem Mal. Dieses plötzliche Chaos und Durcheinander und versetzte die Anwesenden in Panik und den
allergrößten Schrecken. Und auch der Schmied war
kleinlaut geworden und hatte genug vom Poltern und
Herumbrüllen. Von Grauen und Entsetzen gepackt,
verkroch er sich in einem der Beichtstühle.

Als sich das Gewitter gelegt hatte, war man sich schnell darin einig, dass dieser Horror nur ein Zeichen gelungener Teufelsaustreibung gewesen sein konnte und dass der Teufel durch das vom Sturm aufgerissene Kirchenfenster entwichen sei. Man schickte Dankgebete zu Gott und ging dann allseits wieder zur Tagesordnung über. Der Schmied kroch aus dem Beichtstuhl und schlurfte hin zu seinen Pferden. Der Teufel aber wurde vom Abt für seinen wagemutigen exorzistischen Einsatz zum Klosterbevollmächtigten für Glaubensfragen ernannt.

Worin von der glorreichen Pilgerreise
des Teufels und der Mönche
auf dem Jakobsweg berichtet wird.

Die Mönche eines benachbarten süddeutschen Benediktinerklosters beabsichtigen eine Pilgerreise auf dem Jakobsweg nach Santiago de Compostela durchzuführen und fragen an, ob nicht vielleicht auch Brüder unseres Klosters mitwandern möchten.

Nach dem Mittagsgebet erkundigte sich der Abt bei seinen Mönchen, ob nicht jemand sich an dieser Pilgerwanderung beteiligen möchte. Allerdings würde diese Tour mit dem Jahresurlaub verrechnet. Das Echo war gleich null. Die Mönche waren im Laufe ihres Klosterlebens etwas bequem und auch oftmals dicklich geworden und hatten keine Lust, sich die Strapazen einer Pilgerreise aufzubürden und hierfür obendrein ihren Urlaub zu opfern.

Allein Bruder Martin, alias der Teufel, wollte sich auf den Weg machen und ließ sich vom Abt die Erlaubnis erteilen. Er war froh für einige Zeit aus dem Kloster herauskommen und so eventuelle Verdachtsmomente seiner Brüder zu zerstreuen. Es gab aber noch einen weiteren Interessenten für diese Pilgerreise. Vor sechs Wochen hatte sich der Manager eines mittelgroßen Unternehmens im Gästetrakt des Klosters einlogiert. Er war dorthin geflohen, um sich von all seinem hektischen Alltagsdreck zu befreien. Aber nicht den Rosenkranz, sondern sein Smartphone trägt er stets bei sich, das sich während der Morgenandacht immer mal wieder penetrant bemerkbar macht. Leider ist jedoch nicht Gott in der Leitung, sondern sein Geschäftspartner aus Kassel. Und den interessieren nicht im geringsten die spirituellen Fortschritte seines Kollegen im Kloster, sondern allein das Problem, dass der Aktienkurs ihres gemeinsamen Unternehmens gefährlich in den Keller gerauscht ist. Seinen Plan, bei dem Jakobsmarsch mitzulaufen, musste unser Manager deshalb wegen seines kriselnden Unternehmens leider in den Wind schlagen. Und dies schmerzte ihn umso mehr, weil er nun endlich einmal ernsthaft etwas für seine Seele tun wollte.

Ganz wollte er jedoch auf das Projekt nicht verzichten. Er hatte gehört, dass man, wenn man selbst verhindert ist, sich einen Mietpilger anstellen kann, der für einen stellvertretend pilgert. Der Manager trat deshalb mit der zentralen Jakobsweg-Verwaltung in Verbindung, die ihm einen versierten und erfahrenen Mietpilger vermittelte. Über die Kosten wurde Stillschweigen vereinbart.

„Mietpilger? Was soll das denn sein? Vielleicht eine bösartige Erfindung von Atheisten?" Mitnichten. Dass man sich religiöse Dienstleitungen mieten oder kaufen kann, hatte schon lange vor dem Ablass in der katholischen Kirche eine Tradition. Unser Bruder Jere-

mias hatte in der Bibliothek hierzu einmal in einer ur-
alten britischen Beichtordnung einen aufschlussrei-
chen Bericht mit einer kuriosen Beichtrechnung aufge-
stöbert, den er den lauschenden Brüdern nun aus dem
Gedächtnis wiedergab: "König Edgar von England
hatte im Jahre 967 eine spezielle Bußordnung für reiche Gläubige erlassen und dort hieß es: 'Ein Mann,
der vornehm ist und viele Freunde hat, kann sich seine Buße sehr erleichtern." Wie dies im einzelnen vor
sich geht, wird gleichsam wie ein Backrezept folgen-
dermaßen beschrieben: 'Um eine Buße von 7 Jahren in
drei Tagen abzumachen, tue man folgendes: Man nehme sich 12 Menschen zur Hilfe, die 3 Tage lang bei
Brot und rohem Kraut und Wasser fasten; er nehme
ferner 7mal 120 Menschen, welche für ihn drei Tage
hindurch fasten. Auf diese Weise werden so viele Tage
Fasten gehalten, als Tage in sieben Jahren sind." Aber
wer kann denn schon über 840 Menschen verfügen,
die obendrein auch noch allesamt drei Tage fasten sollen? Für unsere Mönche auf dem Pilgerpfad war ein
solches Bußprogramm natürlich überhaupt nicht
praktikabel. Selbst einen einzigen Mietpilger hätte
sich keiner der Mönche je leisten können geschweige
denn 840.

Der Treffpunkt der Pilgermönche war der Bahnhof
von Saint-Jean-Pied-de-Port im französischen Basken-
land. Auf dem Bahnhof traf unser Teufel die frommen
Brüder aus dem anderen befreundeten Kloster, mit denen er pilgern wollte. Zunächst musste sich jeder einen
Pilgerausweis ausstellen lassen. Nur so wird man unterwegs in die Herbergen eingelassen und findet dort
eine Unterkunft am Jakobsweg. Und nur mit diesem
ausgefüllten offiziellen Pilgerausweis kann man sich
in Santiago am Ende der Pilgerreise eine Pilgerurkun-

de ausstellen lassen - mit Stempel. Es muss eben auch hier alles seine Ordnung haben.

Vor dem Bahnhof trafen sie auf einen dicken Benediktinermönch, vor dessen Bauch ein großes Messingkreuz prangte, in das ein Kompass eingelassen war. Den fragten sie nach dem Pilgerweg. Worauf der über eine solch dumme Frage nur lachte. Und in der Tat: Es hatten sich bereits die ersten Pilgerschlangen in Richtung Santiago de Compostela gebildet. Denen schlossen sie sich an und wanderten beherzt drauflos. Doch gleich zu Beginn kam es zu den ersten Zwistigkeiten zwischen den Mönchen. Die einen wollten, wie es sich gehört, eine klassische Wallfahrt absolvieren mit all den gebotenen Exerzitien: Beten, Niederknien, Psalmen hersagen, fromme Choräle singen, Schweigen, sich bekreuzigen. Die anderen Mönche waren froh, dass sie mal für ein paar Wochen aus dem Klostertrott herauskamen und betrachteten die Pilgerwanderung als Erholung aber auch als sportliche Übung. Einige von ihnen strebten einen Jakobswegstreckenrekord an und da war diese ewige Beterei natürlich ausgesprochen hinderlich.

Der Teufel hatte lebenslang einen Ekel vor den katholischen Exerzitien und schloss sich deshalb der sportiven Fraktion an. Die Mönche hatten ein rasantes Tempo vorgelegt und tatsächlich den bestehenden Streckenrekord für diese Etappe mit großem Abstand unterboten.

Abends waren sie in der Herberge die Ersten. Allerdings hatte sich unser Teufel, der beherzt mitgelaufen war, dabei etwas übernommen und die Füße ruiniert. Und er konnte beim besten Willen nicht weiterlaufen. Als ein Krankenwagen vorbeikam, wurde er im Sinne christlicher Nächstenliebe zum nächsten Ort mitgenommen. Dort gab es zwar kein Krankenhaus, aber man nahm ihn mildtätig im nahen Kloster auf.

Am nächsten Tage war er wieder halbwegs auskuriert und setzte seine Pilgerreise nach Santiago fort. Er musste immer noch etwas humpeln und kam nur langsam voran. Und er musste öfter rasten. Als er zurückblickte, sah er einen Trupp von Pilgern heranbeten. Tatsächlich! Das waren ja die besonders frommen und andächtigen Mönche des befreundeten Klosters. Jene, die nicht so sportiv waren, sondern die spirituelle Seite des Pilgerns bevorzugten. Denen schloss sich der Teufel dankbar an und da er mit den Blasen an seinen Füßen selbst mit diesem langsameren Tempo kaum mithalten konnte, nahmen die frommen Brüder seinen Rucksack und trugen ihn abwechselnd einige Kilometer. Im nächsten Ort wurde er von den mildtätigen Brüdern zu einem Arzt geschleppt und dort wurde er mit Pflastern und Tinkturen behandelt. Nachdem der Teufel die Arztpraxis wieder verlassen hatte, humpelte er zur Herberge und sagte sich, dass er sich beim nächsten Mal auch einen Mietpilger leisten werde. Und zwar für die gesamte Strecke.

Einer der Pilger mit Namen Manfred hatte besonders schwer zu tragen. Als er in der Herberge seinen riesigen Rucksack auspackte, kam eine Statuette aus Gips des heiligen Jakobus zum Vorschein, die sicherlich ihre sechs Kilo wog. Die umherstehenden Brüder waren fassungslos und kamen aus dem Staunen nicht heraus. Weshalb er sich denn mit dieser Figur so abplage? Pilgern sei ja kein erholsamer Spaziergang, entgegnete Bruder Manfred bedeutungsvoll, sondern eine freigewählte Tortur, die er gerne auf sich nehme, um an den Leidensweg von Jesus zu erinnern. Während er so vor sich hin wandere, bete er unablässig den Rosenkranz. Und er präsentierte den Brüdern eine etwas absurde aber korrekte Rechnung: Ein Rosenkranzgebet dauere in voller Länge etwa 20 Minuten und drei Rosenkränze sind demnach in etwa einer Stunde absolviert und in einer Stunde hat er – trotz seines enorm schweren Rucksacks vier Kilometer zurückgelegt. Bei einem Tagespensum von 20 km brauchte er also nur 15 Rosenkränze zu beten und sei mir nichts dir nichts am Etappenziel angekommen.

Die umstehenden Pilgermönche waren von Bruder Manfreds Rechenexempel schwer beeindruckt, gingen dann auf ihre Zimmer und beschäftigten sich den Rest des Abends mit den Blasen und Blutergüssen an ihren Füßen.

Damit auf der Jakobswegsprozession alles mit rechten Dingen vor sich ging, hatte der Abt des benachbarten Klosters seinen Stellvertreter, den Prior mitgeschickt. Und abends in der Herberge saßen sie bei einer guten Flasche Rioja beisammen und erzählten sich Geschichten. Einer berichtete über einen religiösen Brauch in Lateinamerika, wo ganze Prozessionen nur auf rutschenden Knien absolviert würden. Diesen Brauch habe es, warf einer der Mönche ein, noch im 19. Jhdt. bei uns im Münsterland und im Bayerischen Wald gegeben. „Auf den Knien rutschen! Um Gotteswillen! Wer will, kann das ja morgen mal ausprobieren. Wir treffen uns aber am abends in der Herberge Punkt sechs zum Abendbrot. Seid pünktlich!" mahnte der Prior. Am nächsten Morgen fanden sich die Mönche am Ortsausgang ein und begannen dort ihr verschärftes Pilgerkonzept. Die Gruppe der besonders Sportiven startete ihre Rutschprozession auf den Knien mit erhobenen Armen. Die anderen versuchten mit aufgestützten Armen, also auf allen Vieren, diese wichtige religiöse Übung zu absolvieren. Aber wie auch immer, die Mönche kamen in ihrer Rutschprozession nicht recht von der Stelle und der Prior gab den Befehl, dieses Experiment abzubrechen.

Unversehens wurden sie gegen Nachmittag, als sie gerade an ihrem toten Punkt lahm vor sich hin schlurften, von einer Gruppe junger Leute in kurzen Hosen in beherztem Tempo überholt, die sich damit bei Laune hielten, dass sie ein Pilgerlied vor sich hinschmetterten. Einer vorweg spielte die Gitarre und alle sangen:

> Wir machen viele Schritte
> der Lebensweg ist lang
> mit Jesus in der Mitte
> ist uns vor niemand bang
> Wir sind Pilger, Pilger, Pilger.

Doch auch dieser frohe Gesang konnte die Unsrigen nicht mitreißen. Zu schwer waren ihre Füße und zu trocken ihre Kehlen. Nur der Gedanke an die abendlichen Flaschen Rioja gab ihnen ein wenig Wandermut.

Am Abend saßen sie in der Herberge beim Rotwein und erzählten sich abenteuerliche Geschichten. Einer berichtete von den berüchtigten Geißlern von San Vicente de la Sonsierra. In diesem Ort im berühmten Weinbaugebiet der Rioja wird an Ostern ein grausliches Ritual vollzogen, das an die Flagellanten des Mittelalters gemahnt. Bei den Prozessionen am Karfreitag traktieren vermummte Gestalten ihre entblößten Rücken mit Baumwollpeitschen. Dabei saugen sich die Peitschen immer mehr mit dem Schweiß voll und werden schwerer und dies führt dazu, dass der Schmerz immer ärger wird und der Rücken schließlich blutet. Jeder dieser Geißler quält seinen Rücken ganz aus freien Stücken während der Prozession mit hunderten von Schlägen.

Nach dieser etwas schaurigen Geschichte mussten die Mönche erst einmal tief Luft holen und einen Schluck Rotwein trinken. Darauf berichtete Bruder Andreas, der bislang schweigend dabei gesessen und auch keinen Rotwein getrunken hatte, von einem Brauch auf der berühmten moslemischen Pilgerfahrt (Hadsch) nach Mekka. Es findet dort ein eigentümliches Steinigungsritual statt. Die Gläubigen bewerfen unter "Allah ist groß"-Rufen in Mina, einer der heiligen Stätten bei Mekka, die dortigen Säulen mit jeweils sieben Steinen. Die drei 18 Meter hohen Säulen symbolisieren den Teufel und diese Steinigung bezieht sich auf jene Szene im Alten Testament als Abraham im Auftrag Gottes seinen Sohn Isaac töten sollte und der Teufel dies zu verhindern suchte. Daraufhin habe Abraham den Teufel mit Steinen beworfen, um die Störung seines göttlichen Tötungsauftrags zu unterbinden. Als unser Teufel diese Geschichte von der Steinigung des Teufels im Alten Testament hörte, erhob er sich, ging hinaus auf die Toilette, wo er sich auf der Stelle übergeben musste.

Der Jakobsweg führt bekanntlich streckenweise durch graue Vorstädte und hässliche Industriegebiete. Damit unsere Pilgermönche keinen Schaden an ihrer Seele nahmen, legten sie diese Strecken mit einem Taxi zurück. Diese Erleichterung sollte aber nicht dem Mietpilger zugute kommen; denn schließlich wurde er ja für den gesamten Pilgerweg bezahlt.

Nach 27 Tagen mühevoller Pilgerwanderung sind die Brüder schließlich in Santiago de Compostela eingetroffen und haben sich ihre Pilgerurkunde abgeholt. Alle Straßen und Plätze waren mit Pilgern und Inbrunst überfüllt und die Unsrigen hatten einige Mühe, eine Herberge zu finden. Schließlich schliefen die Brüder in harten Doppelstockbetten, der Prior residierte in einem Einzelzimmer mit gepolsterter Gebetsbank.

Nach sechs Wochen kehrten die Mönche sichtlich ermattet von ihrer Pilgerreise in ihr jeweiliges Kloster zurück und vor allem unser Teufel war arg mitgenommen. Die Schwielen und Blasen an seinen Füßen waren so schmerzhaft, dass er kaum noch laufen und nur an Krücken humpeln konnte. Notgedrungen ließ er sich deshalb in die nächste Kleinstadt fahren, um sich bei einem Arzt auskurieren zu lassen. Solch veritable Blutergüsse habe er, so der Kommentar des Arztes, bisher nur bei Soldaten gesehen.

Der Teufel geriet nach der Pilgerreise in eine schwere Krise und er begann an dem Sinn seines Erdendasein zu zweifeln. Vor allem das kärgliche Leben im Kloster mit den oftmals etwas beschränkten, klatschsüchtigen und häufig betrunkenen Brüdern ging ihm arg aufs Gemüt. Aber auch die Mühen, als Bruder Martin immerfort seine wahres Teufelswesen verbergen zu müssen, kostete ihn viel Kraft, Konzentration und Verstellungskunst. Deshalb beschloss er eines Abends, als schon alle schliefen, ohne jeden Abschied die Enge und Düsternis des Klosters zu verlassen und auf und davon zu wandern.

Wenn sich die Gelegenheit bot, schlief er in einem Heuschober oder in einer Friedhofskapelle. Tagsüber wanderte er unverdrossen über Wiesen, durch Wälder und Felder. Als er wieder einmal zu einem der Kruzifixe am Wegesrand kam, hielt er inne, setzte sich

Ein Krisenmanager

und sprach den Gekreuzigten an, ob er ihn nicht auf seiner Wanderung begleiten wolle. Jesus bedankte sich beim Teufel für das Angebot. Es fehle ihm hierfür aber die nötige Wanderkleidung und zudem müsse er sich einstweilen in seine Kreuzigung fügen. Aber seine Zeit werde noch kommen. Seit über 2000 Jahren hänge er nun schon schmerzhaft hier am Kreuz. Eine einzige schwere Folter, die wahrscheinlich nicht einmal in der Hölle praktiziert werde! Was aber noch viel schlimmer sei, dass die Menschen ihn hier festgenagelt hätten, um ihn daran zu hindern, sein in der Bergpredigt proklamiertes sozialrevolutionäres Menschheitsprojekt zu verwirklichen. "Aber wehe ihnen, wenn ich eines Tages vom Kreuz heruntersteige und mit diesem reaktionären christlichen Mummenschanz aufräume. Und so steht es ja bereits im Matthäusevangelium geschrieben: 'Ich bin nicht gekommen, euch den Frieden zu bringen, sondern das Schwert.' (Matthäus 10, 34) Der Teufel hatte dem Gekreuzigten fasziniert zugehört. Dann erhob er sich, verbeugte sich devot und bot Jesus an, ihn dereinst bei seinem revolutionären Projekt zu unterstützen.

Was der Teufel über die vielfältigen Arten des heutigen Alltagswahns gelernt hat.

Inzwischen war der Teufel in der Gegenwart angekommen und es fiel ihm nicht leicht, sich in der neuen modernen Welt mit all ihrem Technikkram zurecht zu finden. Vielleicht sollte er sich auch eines dieser Smartphones zulegen, um nicht vollends den Kontakt zum Himmel zu verlieren.

Und wie er so in Gedanken vor sich hin schlurfte, wäre er fast von einem Auto überfahren worden. Er konnte sich aber gerade noch mit einem beherzten Sprung in eine Kirche retten und geriet dort mitten in einen Gottesdienst, wo der Pfarrer gerade seine Predigt begann. Der Teufel verzog sich auf eine der hinteren Bänke und lauschte der Litanei des Pfarrers.

"**Liebe Gemeinde!** Ich möchte mich euch kurz vorstellen. Ich bin Pater Gelemin und vertrete euren Pfarrer Gerold Hartmann, der heute wegen eines Unfalls die Messe nicht lesen kann. Er ist zu Hause von seinem Heimtrainer gefallen und hat sich dabei den rechten Arm gebrochen. Wir wünschen ihm den Segen Gottes und eine gute Genesung.

Ich predige euch heute von dem teuflischen Treiben, das sich in jüngster Zeit in unseren Landen ausgebreitet hat. Schon immer hat der Teufel die Menschen zum Bösen und gar zu Verbrechen verleitet. Aber nun hat dies einen neuen Höhepunkt erlangt: Der Teufel ist in die Seelen der Menschen hineingekrochen und treibt dort sein böses Spiel von innen. Seit einiger Zeit werden die Menschen von einer widernatürlichen und gottlosen Eile getrieben. Und wenn man ihnen Einhalt gebieten will, so rufen sie 'ich habe keine Zeit, ich hab' einen Termin!' oder 'wir telefonieren!' oder aber 'ich schicke dir eine SMS!' und schon sind sie wieder im Wirbel der Alltagshektik verschwunden. Sie laufen mit der Uhr in der Hand. Zeit ist Geld. Und wenn sie überhaupt noch zu Gott beten, so beten sie im Laufschritt.

Das neue Virus, das viele Menschen befallen hat, ist der Burnout. Dies bedeutet, dass jemand von innen ausgebrannt ist. Das Feuer, dem die Menschen in der Hölle ausgesetzt sind, hat sich bereits zu Lebzeiten im Inneren der Menschen ausgebreitet. Jeder trägt seine Privathölle in sich und dieses Feuer wird durch die allgegenwärtige tagtägliche Unrast wie mit einem Blasbalg vom Teufel immer wieder neu angefacht. Und welches sind die Blasebälge des Teufels? Es sind die Tempomacher unseres Alltags.

Ein arbeitsames Leben ist seit alters her gemeinhin ein Gott wohlgefälliges Leben. "Ohne Fleiß kein Preis" "Von der Stirne heiß rinnen muss der Schweiß". Und wer nicht arbeitet, wurde damals wie heute als nichtsnutziger Faulpelz beschimpft, der in der Hölle landet.

Heutzutage werden aber immer mehr Menschen vom Gegenteil, dem Arbeitswahn, getrieben. Ein Freund von mir", so fuhr der Pfarrer fort, "ist solch ein Fall. Wenn man Martin suchte, konnte man sicher sein, ihn vor dem Computer zu finden. Selbst in den Mittagspausen und auch nach Feierabend ließ er von seiner Arbeit nicht ab. In seiner Abteilung sprach sich dieser abnorme Arbeitseifer tuschelnd herum und gelangte zu den Ohren des Abteilungsleiters, der sich Sorgen machte. Er führte schließlich mit Martin ein Vieraugengespräch. Es sei ja sehr lobenswert, dass er so fleißig sei; allerdings habe seine Emsigkeit möglicherweise etwas krankhafte Züge. Deshalb rate er ihm eindringlich von Mensch zu Mensch, einen Arzt aufzusuchen.

Und eine Woche später,"so fuhr der Pfarrer in seiner Predigt fort "fand sich mein Freund Martin in der Sprechstunde von Dr. Wenzel ein. Der hörte sich das Problem zunächst ruhig an. Kramte dann in seinen Unterlagen und legte Martin einen Fragebogen vor.

Liebe Gemeinde! Nun hört gut zu, was dies für ein Fragebogen war. Sollte Martin etwa beichten? Seine Sünden bekennen? Aber nein. Wir befinden uns ja nicht in einem Beichtstuhl, sondern in der Praxis eines Neurologen. Martin betrachtete den Fragebogen und las mit Schrecken gleich die erste Frage 'Arbeiten Sie heimlich? (z.B. am Wochenende oder in der Freizeit?)' Und sodann die Frage 'Neigen Sie dazu, sich einen Vorrat an Arbeit zu sichern?'" Nachdem Martin den gesamten Fragebogen mit einem klammen Gefühl ausgefüllt hatte, betrachtete Dr. Menzel mit einigem Stirnrunzeln Martins Einträge. Dann lehnte er sich zurück und sprach in sorgenvollem und väterlichem Ton „Bei Ihnen, lieber Freund, liegt ein typischer Fall von Arbeitssucht vor. Neudeutsch gesprochen: Sie sind ein ausgemachter Workaholic. Und ich rate ihnen dringend, eine Selbsthilfegruppe aufzusuchen.' Martin dankte dem Neurologen für seinen Rat und trottete bekümmert nach Hause. Dort setzte er sich vor seinen Computer und überprüfte seine Excel-Tabellen, die er am Tag zuvor angelegt hatte.

"Martin war stets ein treuer Besucher unserer Sonntagsmesse und jetzt ist er zweimal nicht gekommen." fuhr der Pfarrer in seiner Predigt fort. "Was ist nur los mit ihm? Beginnt er vom rechten Glauben abzufallen? Oder steht er gar mit dem Teufel im Bunde?"

Der Pfarrer erhob seine Stimme. "Dieser hamsterradmäßige Beschleunigungsprozess ergreift nicht allein das gesellschaftliche Ganze, sondern schlägt sich bei jedem einzelnen Menschen nieder. Und dies vor allem in den Fabriken und Büros, in denen das Arbeitstempo immer rasantere Formen annimmt." Der Pfarrer hatte diese Tirade in einem gesellschaftskritischen Artikel seiner Krankenkassenzeitschrift gelesen und er redete sich immer mehr in Rage, indem er fortfuhr: "Vom Tempowahn wird aber ebenso die sogenannte Freizeit überrollt. Wahrscheinlich hat jeder von euch schon einmal vor einem Computer gesessen und es

Transgender

hat mal wieder alles nicht funktioniert. Und wenn der Computer abstürzt, so ist dies ein Werk des Teufels, der uns damit ärgern will.

Liebe Gemeinde, haltet fest an eurer Liebe zu Gott und lauft nicht den falschen Götzen unserer Zeit hinterher. Welches sind aber diese Götzen? Bei vielen Menschen gelten ja nur die diesseitigen materiellen Werte. Ein Philosoph hat es einmal so beschrieben: 'Viel Geld, eine große Wohnung oder Haus, viele Reisen, viele Events, viele Freunde oder Bekannte, viele Dinge, viele Bücher, ein großes Auto oder besser noch zwei, einen optimalen Körper, eine möglichst hohe Stufe auf der Karriereleiter, sei es in der Wirtschaft oder Wissenschaft, exzellentes Essen, teure Weine.' Hängt an solchen modernen Glücksgütern unser Seelenfrieden auf Erden? Ich glaube nicht. Und immer geht es dabei um die universelle Pest der Selbstoptimierung. Und ich gebe zu, dass ich davon manchmal auch nicht ganz frei bin. Gestern z.B. bin ich auf meinem Heimtrainer 12 Kilometer in 50 Minuten geradelt. Mist!! Vorgestern habe ich für dieselbe Strecke nur 45 Minuten benötigt. Das kann nur daran liegen, dass sich mein Blutzuckerspiegel verschlechtert hat oder aber mein Blutdruck Kapriolen schlägt. Wahrscheinlich habe ich gestern auch zu viele Kohlehydrate zu mir genommen. Oder aber war es umgekehrt, dass mein Essen zu wenig Kohlehydrate enthielt? Ich weiß es nicht und kann mich nicht genau erinnern. Herrjemine! Bin ich etwa vergesslich geworden? Ich sollte mir für mein Gedächtnis unbedingt neue Ginkgo-Tabletten bestellen. Auf jeden Fall werde ich am Wochenende mehr auf meinem Trimmrad trainieren.

Liebe Gemeinde!! Genug von all diesem Unfug!! Selbstoptimierung eines guten Menschen bedeutet etwas ganz anderes: Sie besteht darin, dass man die Nähe zu Gott sucht. Und die kann ich ja nicht auf meinem Heimtrainer finden. Und auch nicht beim Marathonlauf oder Gewichtheben."

Plötzlich hielt der Pfarrer abrupt in seiner Predigt inne. Sein Kopf wurde puterrot und es überkam ihn eine unbändige Wut und er brüllte "Himmel, Arsch und Wolkenbruch! Ihr jungen Leute dahinten in der achten Reihe! Könnt ihr gefälligst mal eure Smartphones wegstecken! So findet ihr nie den Weg zu Gott!" Nach dieser Schimpfkanonade wurden die Smartphones allseits schuldbewusst ausgeschaltet und es herrschte erst einmal Ruhe. Aber leider nicht lange. Denn jetzt klingelte das Smartphone des Pfarrers. Auch das noch! Seine Haushälterin wollte wissen, was sie zum Abendessen kochen solle. Das war dem Pfarrer natürlich ausgesprochen peinlich. Aber er fasste sich wieder und fuhr mit seiner Predigt fort: "Liebe Gemeinde: 'Vermesse dich selbst!' so lautet das Motto einer weltumspannenden Bewegung von technikverliebten Zeitgenossen. Mit Hilfe einer Vielzahl elektronischer Geräte, die sie sich an ihre Körper anschnallen, sind sie unentwegt ihrem physischen Optimum auf der Spur.

Es gibt aber noch weitere Schlachtfelder der Selbstoptimierung; z.B. indem wir versuchen, Ordnung in unseren Alltag zu bringen. Und hierfür haben wir heute ein Instrument, das gelegentlich jedoch fragwürdige Nebenwirkungen zeitigen kann: Die To-Do-Liste. Wie auf einem Laufband laufen wir sisyphoshaft unentwegt den Erledigungen unserer To-do-Listen hinterher und kommen doch nie ans Ziel.

Liebe Gemeinde! Ich bitte euch inständig darum, dieses Teufelszeug des Tempowahns und der Selbstoptimierung zu meiden. Geht zur Beichte und betet mehrfach am Tag einen Rosenkranz. Dies ist die wahre To-do-Liste eines guten Christenmenschen. Amen!

Als der Teufel die Kirche verließ, musste er über die letzten Sätze des Pfarrers schmunzeln und konnte nur den Kopf schütteln. Mit dem Rosenkranz in der Hand gegen den universellen Tempowahn und den Optimierungsirrsinn ankämpfen zu wollen! So etwas Absurdes wäre ja nicht einmal Don Quijote in den Sinn gekommen.

Epilog: Ein Freispruch für den Teufel

Nach all seinen mühevollen Fußmärschen und den ermüdenden Predigten, die er über sich hatte ergehen lassen, war der Teufel hinlänglich ermattet und wandermüde. Er verließ die Erde und machte einen Abstecher hin zur nächsten größeren Wolke und dort saß auch schon Gott. Sie blickten beide hinab auf die Erde mit all ihrem irrsinnigen Treiben und Gott gab zu, dass ihm am 6. Schöpfungstag mit der Erschaffung der Spezies Mensch ein schwerer Fehler unterlaufen war, weil er die Menschen versehentlich auch mit schlechten Eigenschaften ausgestattet hatte. Infolgedessen sind die Menschen und nicht der Teufel die Akteure und Verwalter des Bösen auf Erden. Und darum reute es Gott, dass er einst den Engel Luzifer als vermeintlichen Übeltäter aus dem Himmel verstoßen und ihm mit den Hörnern und dem Klumpfuß die Insignien des teuflisch Bösen verpasst hatte. Gönnerhaft schlug Gott dem Teufel jetzt vor, ihm wieder einen gebührenden Platz im himmlischen Machtzentrum einzuräumen und ihn obendrein zu seinem Stellvertreter

Der Stellvertreter Gottes

zu ernennen. Denn möglicherweise gelänge es ihm, dem Teufel, ja besser, die Menschen auf den rechten Pfad der Tugenden zu führen und ihnen ihre Boshaftigkeiten und Schlechtigkeiten auszutreiben.

Der Teufel setzte sich, dachte lange nach und dankte dann Gott für sein Angebot, das er jedoch nur annehmen wolle, wenn Gott vorher den opportunistischen und karrieristischen Flügel um den Erzengel Michael aus dem Himmel hinauswirft. Hierzu war Gott aber partout nicht bereit und dies lag schlicht und ergreifend daran, dass er die hierfür notwendige Macht und Durchsetzungskraft längst eingebüßt hatte. Denn auch der Himmel hatte sich mittlerweile zu einer Machtbastion des klerikalen Flügels gewandelt. Dies zeigte sich nicht zuletzt daran, dass der römische Papst bei jeder Gelegenheit im Himmel aufkreuzte, um den Thron Gottes herumschwänzelte und versuchte, Gott zum Katholizismus zu bekehren. Amen!

Glossar

Askese-Orgien: Spezialität der Mönche im frühen Mittelalter mit dem Motto "Je mehr der Körper leidet, desto mehr freut sich die Seele."

Beichte: Heiliger Ohren-Voyeurismus.

Bergpredigt: Sozialrevolutionäres Programm des Jesus von Nazareth. Im Zuge der Bürokratisierung des Christentums in Vergessenheit geraten.

"Der Name der Rose": Roman von Umberto Eco über das Lachverbot in der katholischen Kirche.

Deschner, Karl-Heinz: Hat 10 Bände "Kriminalgeschichte des Christentums" geschrieben und trotzdem den Vatikan nicht zum Einsturz gebracht.

Don Quijote: Der "Ritter von der traurigen Gestalt" des spanischen Dichters Miguel de Cervantes war einer der letzten Kämpfer für die Ziele der Bergpredigt.

Eco, Umberto: Schrieb den Roman "Der Name der Rose" über das Lachverbot in der katholischen Kirche.

Engels, Friedrich: Hat Dantes episches Gedicht über das "Inferno" mit seiner Beschreibung der frühkapitalistischen Fabriken fortgesetzt. (Marx-Engels-Werke MEW Bd. 2)

Engelschor: Im Himmel gab es 9 Engelschöre, die für den Weltenjubel zuständig waren. Der 9. Engelschor, das waren die Abweichler und Renegaten, die von Luzifer angeführt wurden.

Erzengel: Uriel, Michael, Gabriel, Rafael bilden das Politbüro im Himmel. Michael ist der Generalsekretär, der nachdrücklich am Thron Gottes sägt.

Exorzismus, Teufelsaustreibung: Eine damals wie auch heute noch sehr fragwürdige Methode jemanden von seinen Mucken und Psychosen zu befreien. Papst Franziskus steht an der Spitze der Teufelsaustreiber.

Gewissen: Die Hölle im Inneren des Menschen.

Gott: Vorstandsvorsitzender der Himmel&Erde-Partei. Seitdem sein Menschheitsprojekt ziemlich danebengegangen ist, ist er immer mehr in die Kritik geraten und muss um seine Position fürchten.

Guinessbuch der Rekorde: Ständig wachsendes Kompendium über allerlei absurde und schwachsinnige Heldentaten.

Hexenverbrennungen: Schnelle und wirkungsvolle Methode um missliebigen und unbequemen Frauen den Teufel auszutreiben und sie ins Jenseits zu befördern.

Hölle: Horror-Erfindung der katholischen Kirche zur Drohung gegen Sünder und Abweichler.

Index der katholischen Kirche: Hier werden sämtliche verbotenen Bücher aufgelistet, die jeder kluge Mensch in seinem Leben gelesen haben sollte.

Jesus von Nazareth: Charismatischer Wanderprediger, der die Initialzündung für eine neue Religion, das Christentum, gab.

Katechismus der katholischen Kirche: Wer all diese Vorschriften gewissenhaft befolgt, kommt in den Himmel - Ob er will oder nicht.

Liebeskonzil, Das Für dieses gotteslästerliche Theaterstück wurde sein Autor Oskar Panizza mit einem Jahr Gefängnis bestraft, das er voll absitzen musste.

Luzifer: Berufsrevolutionär im Exil. Nach seiner Palastrevolution im Himmel war er von seinem Widersacher, dem Erzengel Michael aus dem Himmel verstoßen und als scheußlicher Teufel auf die Erde verbannt worden.

Martin Luther: Der große Reformator hatte wiederholt und mit Nachdruck die Ermordung von Hexen und Zauberinnen propagiert. (u.a. Predigt vom 6. Mai 1526, Weimarer Ausgabe Band 16, S. 551f.)

Männerbeichte: Katholische Broschüre, die man nicht auf der Toilette lesen sollte.

Michael, Erzengel: Gilt als der Generalsekretär des Himmels, der den Rausschmiss Luzifers aus dem Himmel organisiert hat.

Mietpilger: Wer keine Zeit oder Lust zum Pilgern hat, kann gegen Bezahlung jemanden für sich wandern lassen.

Ministranten: Der Zölibat fordert eben häufig einen hohen Preis.

Nietzsche, Friedrich: "Gott ist tot" sagte Nietzsche. "Nietzsche ist tot" erwiderte Gott.

Pascal, Blaise: Französischer Philosoph und Mathematiker der schrieb, "dass das ganze Unglück des

Menschen daher kommt, dass er sich nicht ruhig in seinem Zimmer aufzuhalten weiß."

Pilgerreise: Traditionelle Form der Seelenwanderung

Symeon: Unangefochtener Meister der Wüstenaskese. Stellte sich auf immer höhere Säulen, um Gott so noch näher zu kommen.

Syrische Schatzhöhle: Dort wurden wichtige biblische Schriften gefunden, die dem Teufel recht geben. Nicht er, sondern Gott hat das angestammte Weltgefüge durcheinander gebracht. (vgl. S.13f.)

Sünde: "Ursünde, Sünde als Verführung durch den Teufel, Sündenstrafen, lässliche Sünden, zeitliche und ewige Sündenstrafen, Hauptsünden, himmelschreiende Sünde, Unterscheidung zwischen Todsünde und lässlicher Sünde. Sünde aus Bosheit, Sünden gegen den Glauben. usw. (alles im "Katechismus der katholischen Kirche")

Teufel: Der *Gottseibeiuns* oder auch der *Leibhaftige*, ehemals der Engel Luzifer.

Theatrum diabolorum: Dies war im 16. Jahrhundert ein voluminöses Kompendium von sog. Teufelsbüchern, in denen den Menschen ihre Laster und Unarten als Alltagsteufel vorhalten werden.

Theresa von Konnersreuth: Weltmeisterin in der Stigmatisierung. Wie auf Kommando erschienen jeden Freitag auf ihren Handflächen die Wundmale Jesu.

Trotzki, Leo: Russischer Revolutionär. Unterlag Stalin im sowjetischen Machtkampf.

Unbefleckte Empfängnis: Werbeslogan der Kondomindustrie

Unfehlbarkeit des Papstes: Erfindung von Pius IX. Der Papst hat demnach in allen religiösen Fragen grundsätzlich immer recht. Gott hat solch ein Größenwahn überhaupt nicht gefallen.

Watzlawick, Paul: "Anleitung zum Unglücklichsein" Ratgeber wie man sich ohne jeden Grund schon auf Erden die Hölle heiß machen kann.